品嘗好書　冠群可期

宇宙怪人

江戶川亂步

品冠文化出版社

目錄

少年偵探⑨

宇宙怪人

江戶川亂步

在天空飛行的飛碟

在天空飛行的飛碟，來自美國，在世界各地的天空出現，甚至飛到日本的上空。這則新聞不斷被媒體大肆報導，事實上，在訴說這個故事時，它已經在日本出現了。

大的圓形物體，以驚人的速度在高空飛行。有人說它並不是任何一個國家的新型偵察機，甚至有人認為它是來自於宇宙某個星球，特地前來觀察地球的情況。

不過多數的民眾卻說：

「這是不可能的。如果它出現在大都市的上空，大部分的人都看見，那麼我才相信。若是只有深山或鄉下的一、兩個人看見，那一定是眼花了。也許只是將大流星看成飛碟。而且空中也會出現海市蜃樓的現象，在山路中奔馳的車頭燈照在天空中，看起來就像圓形的飛碟在飛行一樣。總之，不可能出現什麼神奇的飛機等。再說在天空飛行的飛碟，根本也沒有登陸在地球上啊！」

有的人持反對的意見。

但是，各國卻陸續傳出在空中看到飛碟的消息，甚至現在日本也有類似的發現。事實上，因為親眼目睹的人非常少，所以就算報紙刊載這些事情，沒有看過的人還是不相信，認為是他們看錯了。

有一天，嘲笑看過飛碟在天空飛行說法的人，啊！大叫一聲，屏住呼吸，驚訝的呆立在原地。

原來是發生了駭人的事件。到底是發生了什麼事呢？在說這件事情之前，首先必須先提一下平野少年。

平野少年就讀小學六年級，他家位於世田谷區盡頭寂靜的地方。平野家旁邊住了一位二十五、六歲，理科知識非常豐富的北村叔叔。一個

月前，平野經常到北村家遊玩。平野對理科非常感興趣，覺得叔叔說的話很有趣，所以常去找他聊天。

北村叔叔家是用木板臨時搭建而成的，裡面有三個小房間。北村叔叔和耳朵重聽的老奶奶住在一起。房間裡陳列許多內容艱澀的理科書籍，以及顯微鏡和天體望遠鏡等器具。平野少年最喜歡用望遠鏡觀察月亮或火星等。

「叔叔，天空中真的有飛行的飛碟？」

有一次，當平野這麼問時，北村沈默了一會兒，開始訴說關於飛碟的種種事情。最早發現飛碟的，是居住在美國某個地方的人。後來，陸陸續續在各國都有類似的消息傳出。接著，詳細說明飛碟的歷史和對於飛碟的種種想法。並說道：

「事實上，我相信部分的人的確真的親眼看到過飛碟。因為即使是看錯，也不可能世界各地的人看錯的東西都一樣吧！

人類對於初次見到的東西都不敢相信，新的發明也是如此。例如飛機。在距今百年前，根本很難想像人可以在天空飛翔。當然很久以前，就有人想像鳥一樣在天空中飛翔。像日本江戶時代，就曾經有人在自己的身體裝上大翅膀，想在空中飛行。可是，他們被人視為是瘋子，認為在空中飛根本是傻子才會做的事情。

然而，現在卻發明了能夠搭載五十人、六十人，自由自在的在天空中飛行，而且在兩、三天內就夠繞完地球一周的飛機。

因此，我想在天空中飛翔的飛碟應該不是假的。雖然我們無法相信這個事實，但還是有可能存在著另一個世界的人。」

「另一個世界的人？」

平野少年瞪大眼睛。

「我說的是地球以外的世界。宇宙有比地球更大的世界，而且很多呢！」

「啊！你是說火星嗎？它是從火星飛來的嗎？」

平野少年滿臉通紅，心跳加快。

「或許是火星，也可能是其他星球。總之，也許它是從宇宙的某個世界前來偵察我們的地球也說不定。」

「噢！這麼說來，飛碟裡應該住著來自其他星球世界的人囉！」

「也許有，也許沒有。就算沒有人，藉著機械的力量也可以進行偵察。我們地球人發明的無線操縱飛機，就是這種情況。其他星球的世界，也許有更先進的機械，即使無人駕駛，飛碟也能夠飛行，甚至在地球各處拍照呢！」

平野少年聽到這番話，既驚又喜，有種難以言喻的激動。

「其他星球的人，到底長什麼樣子呢？火星人就好像章魚一樣，有很多的腳，是很可怕的怪物吧？」

「那只不過是英國小說家威爾斯虛構的。事實上，他們到底長什麼模樣，根本沒有人見過，而且火星是不是真的有生物存在也不得而知。因此，派出飛碟的，不一定是火星，也許是更遠、更大的星球呢！」

「那麼，可能有比章魚的模樣更可怕的人囉？」

「這也不見得。說不定是看起來像很柔軟的水母，或者是像堅硬的機械，又或許和地球人的外貌一樣呢！」

「真可怕耶！萬一在路上遇到他們，該怎麼辦呢？」

「哈哈哈……我也不知道。他們到底會不會現身，誰都不敢肯定。也許真的有人住在飛碟裡，也許他們真的曾在地球某個地方著陸呢！」

北村看著平野，說道。

平野嚇得全身發麻，眼前模糊，覺得瞬間北村叔叔看起來就好像怪物似的。

「怎麼回事啊，平野？你怎麼用這麼可怕的表情看著我呢？」

「不，沒、沒什麼，沒事了！」

這只是平野的心理作用，因為北村正一如往常，溫柔的笑著呢！

百萬目擊者

就在平野和北村討論這件事情的半個月之後，在某個星期六的下午，平野和爺爺一起到銀座附近的大電影院看著色的卡通影片（彩色的卡通影片。當時彩色電影很少見）。看完離開電影院時，已經是傍晚五點左右了。

因為打算散步，所以兩人來到銀座大街，朝新橋車站的方向走去。

銀座街上的櫥窗，燈火通明，霓虹燈的廣告閃爍不停。

天色還沒有完全暗下來，燈泡和天空的光芒互相輝映，交織成奇怪的景象。擦肩而過的路人，樣子有點模糊，彷彿影子似的。這時，已經是黃昏時刻了。

和平常一樣，銀座街道上熙來攘往。平野擔心走散，於是緊握爺爺的手，慢慢的往前走。突然有股想看天空的衝動，似乎覺得好像會發現什麼東西。因此，原本停留在櫥窗上的視線，轉移到天空中。

天氣晴朗，完全沒有風，兩、三顆星星在那兒閃爍著。不知怎麼的，平野突然想起在天空中飛行的飛碟。派遣飛碟來地球偵探的，到底是哪個星球呢？他不斷想著遙遠世界的事情。

「你在幹什麼？走快一點啊！」

看到平野佇足不前，爺爺拉著他的手，催促的說道。

就在這時，平野的心臟猛然地跳了一下。啊！難道自己看錯了嗎？在頭頂的高空上，有白色的圓形東西，以驚人的速度，咻的飛了過去。

「怎麼回事？一郎，你在看什麼呀？」

爺爺再次叫喚他。一郎是平野少年的名字。

「爺爺，你看！那裡，一個，不，有兩個。咦！三個、四個，啊！

有五個在那裡飛呢！爺爺，你快看！」

突然看到一郎驚慌失措的大叫，爺爺嚇了一跳，也抬頭看向天空。原先看不清楚，但是，一郎一直用手指著某個方向，不停叫著「那個、那個」，他才凝視細看，看到奇怪的東西。

銀色、圓圓扁扁的東西，一、二、三、四、五，總共有五個，以極快的速度通過銀座大街，朝西飛去。平野一郎少年並沒有看錯，因為連爺爺也看到了。

在銀座街上，行人看到這對祖孫抬頭望著天空，好像受到驚嚇似的，呆立在原地，所以也不由自主的跟著往上看。一個人站定不動，兩個人停下腳步，終於街道上的行人全都停下來，佇足抬頭，凝望天空。

「咦！是汽球，有汽球在那兒飛呢！」

有位少年大叫著。

「不是汽球，汽球不是扁的呀！而且速度那麼快。是飛碟，有飛碟在天空中飛！」

一名青年跟著大叫。

這時，四面八方圍觀的人群愈來愈多。銀座街上的民眾，全都停住腳步，抬頭看著天空。整條銀座大街成千上萬個人，霎時變得好像石頭般，一動也不動。

這真是異樣的光景。看到這種情況，行駛中的汽車、腳踏車都停了下來，甚至連電車也停在原地。

當然，並不是所有的人都看到飛碟，他們只是叫著「在哪裡、在哪裡」。這時五個飛碟已經劃過銀座的上空，消失得無影無蹤。

「在那裡、在那裡！」

眾人異口同聲的叫道。有人說朝著數寄屋橋的方向，有人說朝著日比谷的方向。但是，人類的腳程根本趕不上在空中飛行的飛碟，當他們跑過去時，飛碟早就不見了。

銀座大街的屋頂，擠滿了黑壓壓的人群。商店的店員為了知道飛碟的行蹤，全都跑到屋頂上去了。可是像箭一般快速的飛碟，即使在屋頂上也看不到。

「快打電話給報社，讓他們派飛機去追。」

有人大叫著，有人則已經跑到商店裡去打電話。就算沒有人通知，報社的人員也早就注意到在空中飛行的飛碟。在有樂町大報社的屋頂上，許多新聞記者紛紛抬頭仰望天空，嘴裡大叫著。攝影記者立刻用相機拍下了飛碟飛行的照片。

報社當然也想到派飛機去追，而且還打電話安排，但是，在飛機起飛之前，飛碟早就已經飛了十里遠（大約十六公里），因此，只好打消念頭。

報社緊接著做好安排，打電話到飛碟前進方向的報社分社，再從分社打到分社，想要以接力的方式找出飛碟的行蹤。警察也有同樣的想

法，以電話聯絡，架設空中的警戒線（發生火災或犯罪事件時，設定區域不讓一般人進入，由警察加以守護），想要找出飛碟的行蹤。

平野少年和爺爺仍然茫然的站在原來的地方。雖然在銀座發生了這樣的事件，但是，一直呆立在那裡也不是辦法，因此，祖孫倆從新橋車站搭乘電車回世田谷的家。

不論在月台上或電車裡，大家都在討論出現在天空的飛碟。

「那一定是敵國的間諜機，戰爭就要開始了。」

有些人憑空想像，杜撰出這類的事。但是，卻沒有人認為那是來自其他星球世界的使者。平野少年心想：「大家都搞錯了，知道事實真相的只有我一個。」有一種很得意的感覺。

下了電車，車站前的廣播電台（日本在一九五三年才開始電視的實驗播放，在此之前是廣播時代）擠滿了黑壓壓的人群。廣播電台也播放了飛碟在天空飛過的消息。

根據報導指出，五個像水母一般的飛碟從東京灣經過銀座上空，飛過虎門、青山、明治神宮的上空，進入世田谷區，然後沿著甲州街道朝八王子市的方向飛去。它們經過各個街道時，都引起類似銀座的騷動事件。

每個家庭都打開了收音機，等待新的消息。到了第二天則翻開報紙，不斷的閱讀關於飛碟的報導。不管哪一份報紙，都以整個社會版的版面詳細報導飛碟事件，甚至還刊載了飛碟的圖畫及照片。但是，照片上拍到的只有高空裡的五個點。

報紙上也刊載了一些大學教授、天文台學者們的說法。大家只是述說飛碟的歷史以及美國人的意見等，並沒有人提出自己的想法。

那麼，飛碟的行蹤到底如何呢？關於這一點，任何報紙都沒有令人振奮的消息出現。雖然知道它們通過了世田谷區的上空，但是，當時天空已經完全暗了下來，再也沒有任何人看到飛碟。按照飛碟飛去的方向

來看，八王子市將是其經過的最大的區域，因此，那裡的警察和報社都在等待，但是，飛碟並沒有出現。以飛碟的速度來看，在天色還沒有完全暗下來之前，就應該飛到八王子市的上空了。然而飛碟卻完全消失了影子，行蹤不明。

這次的事件和美國或其他國家的不同點就是，在東京都幾乎有一百萬人清楚的看到飛碟，所以，這並不是傳言。因為不可能一百萬人全都看錯了。

天空中如水母一般的銀色飛碟到底消失到哪裡去了呢？報紙和電台提出各種想像，認為通過世田谷區之後，可能就飛向高空而看不見了，或者是為了掩人耳目而回到了太平洋的上空。也有可能是已經橫越本州，飛到日本海的上空去了。

結果，這些想像全都不對。在事件發生後的第二天，晚報上刊載了震驚整個日本的可怕消息。

山中的大飛碟

電台最先播放出這個消息，而晚報上則有更詳盡的報導。

空中飛碟墜落於丹澤山中
大飛碟上出現有翼怪人
樵夫松下岩男的體驗談

晚報上出現這樣的標題。

閃爍著銀色光輝、直徑五公尺的一個大飛碟，降落在神奈川縣丹澤山與塔嶺中間，那是甚至連樵夫都無法進入的大森林。在距離該處一公里的地方，樵夫松下岩男獨自在那裡工作，突然聽到震天動地的大聲

響，於是戰戰兢兢的跑了過去，結果，看到了狀似兩個巨大銀色盤子互蓋的飛碟撞倒了森林中的大樹，跌落在那裡。

松下懷疑自己是不是在做夢，看到這麼龐大的東西，內心非常害怕，想要逃走，但是又馬上打消念頭，躲在遠處的大樹後面觀察情況。

晚報中刊載了松下的照片。年約四十歲，臉上長滿了鬍鬚，眼睛、鼻子、嘴巴都很大，是個豪氣干雲的男子。

這個山中男子松下先生，所受的驚嚇，當然是可以想像的。

當時天色已黑，在山中更暗，而銀色的大飛碟就好像是個發光體似的，讓人可以朦朧的看到周圍的景象。

松下看了一會兒，並沒有發生什麼事情。這時，突然聽到好像機械在運轉的聲響。

雖然覺得害怕，但是松下還是瞪大眼睛，仔細的看著眼前的一切。

這時大飛碟好像開始移動了。最初，不知道是哪個部分在動，後來才發現大飛碟上方的盤子就好像貝殼開口似的，一點點、一點點的朝上方打開了。

難道裡面有人把它撐開了嗎？不，這是不可能的。直徑五公尺的金屬盤，靠人的力量怎麼可能撐得起來呢？當然只能靠機械來運作。聽到噗咻的聲音，這一定是機械的聲音。

一公分、兩公分、三公分，沈重的金屬蓋微微的移動，慢慢的被打開了。

當蓋子的縫隙被打開到二十公分時，看到縫隙裡有黑色的東西在移動。雖然天色微暗，看不清楚，不過可以確定那是活的東西，是動物。動物從縫隙裡偷窺外面的世界。

松下覺得很不舒服。他發現那個傢伙有兩個眼睛，但既不像是人類的眼睛，也不像猴子、狐狸或狼的眼睛。松下熟悉很多常在山中出沒的動物，所以，他可以認出那是哪種動物的眼睛。他覺得這種眼睛和某種

動物的眼睛很類似，對了，就好像是大蛇的眼睛。

因為非常的暗，所以看不清楚。松下愈來愈害怕，很想逃走，但是已經無法逃走了。因為他已嚇得兩腿發軟，無法動彈。

不久之後，大飛碟的縫隙打開到五十公分，裡面的動物突然跳了出來。當松下看到那個動物時，嚇得幾乎昏了過去。

那是長得有如大蜥蜴一般的怪物，臉像鳥一樣，擁有一對如同蛇一般可怕的眼睛，身體和人相似，有手有腳，能夠走路，看起來就像巨大的蜥蜴。臉和身體是紫色、綠色、黃色的條紋，同時散發出銀色的光芒，擁有如同蝙蝠一般的大翅膀。

怪物從飛碟中跳出來站在地上時，以好像蛇一般的眼睛看著四周，然後張開大翅膀，啪嚓啪嚓的拍了幾下之後，就向天空飛去。

翅膀振動的相當厲害，連站在二十公尺遠的松下的臉，都被翅膀拍打的風掃到，就好像暴風似的十分強大。

松下覺得自己快要昏倒似的無法動彈，終於被巨大的風吹倒。好不容易重新回過神來，於是頭也不回的倉惶逃走。

松下回到山腳下的村莊以後，說出了這件事情，引起很大的騷動。村裡的派出所連忙打電話聯絡警察局，然後又通知國警本部（國家地方警察，當時日本警察分為國家地方警察和自治體警察兩種），接著就派遣警察隊到山麓的村莊。當時各報社的許多記者和攝影組的人全都蜂湧而來。消防隊和青年團也來了，其中一團要求松下帶他們到大飛碟降落的山中。以上就是晚報報導的內容。因為是在深山裡，所以，直到晚報截稿的時間，都還沒有結果出爐。

新聞的報導震撼整個日本，尤其東京的人因為看過飛行中的飛碟，因此感受更為深刻，全都在討論飛碟和大蜥蜴怪物的事情。

但是，等待第二天報紙和電台消息的人卻非常的失望。

因為，大飛碟已經消失得無影無蹤了。

松下還記得那個地方。因為飛碟急速落下而被撞倒的大樹還留在原地，但是，飛碟卻失去了蹤影。搜查隊在附近四處找尋，但是，並沒有發現任何東西。

在松下逃走之後，飛碟不知道又飛到哪裡去了，也許回到了原先的星球世界去了，或者是離開地球之後又到不知名的宇宙去了。

報紙上是這麼寫的。

但是，從飛碟內出來，長得既像蜥蜴又像蝙蝠的奇怪東西，到底到哪裡去了？是回到飛碟裡隨著飛碟一起離開地球，還是離開飛碟後就用他那有如蝙蝠般的翅膀在地球四處飛翔呢？也許現在正躲在東京的某個角落裡呢！

不，不僅如此。更令人擔心的是，難道松下所看到的飛碟怪物只有一隻嗎？同樣的怪物也許有兩隻、三隻，在松下逃走之後，他們就從飛碟裡出來，不知道飛到日本的哪個地方去了。

在東京上空飛翔的飛碟有五個，剩下的四個又是到哪裡去了呢？如果四個都在日本著陸，那麼，到底會出現多少怪物呢？也許有十幾隻怪物留在日本，而且他們都擁有像蝙蝠一般的翅膀，能夠飛行，可以在半夜飛到高空、飛到任何地方去。

這件事情真的很奇怪。

由於發生了這樣的事情，因此，當日本人看到老鷹或烏鴉在天上飛翔時，也許就會把牠們誤以為是怪物而膽顫心驚呢！

有翅膀的大蜥蜴

過了幾個月之後，都沒有發生什麼事情。日本天空出現「飛碟」的事情整個世界都知道，各國報紙都刊載了這個消息。但是，飛碟從丹澤山消失之後就無影無蹤了，並沒有出現有翅膀的大蜥蜴怪物。

這個傳聞就好像是東京的人一起做了一個可怕的夢似的，但實際上並沒有這件事情發生。

不過，平野少年的身邊卻發生了奇怪的事情。

平野最喜歡的北村先生失蹤了。前面說過，北村先生住在平野家附近的小屋裡，和耳朵重聽的奶奶住在一起。飛碟事件發生的兩天之後，他說：「我到外面去散步一下。」離家之後就行蹤不明了。

老奶奶當然很著急，趕緊通知警察到附近尋找，可是，並沒有找到北村。

就在北村失蹤一個月之後，有一天下午，平野少年在住家附近的原野散步時，竟然遇到好久不曾出現的北村。

當時北村完全判若兩人，變得非常憔悴。頭髮散亂，從臉頰到下巴留著長長的鬍子，臉色蒼白，衣服破爛不堪，就好像幽靈一樣。

「北村叔叔，北村叔叔，到底怎麼回事啊？」

被平野一叫，北村終於回過神來。

「是平野呀！我遇到可怕的事情，終於逃了出來。他會追過來的，我們不可以在這裡徘徊，趕快跟我一起來，我有話要告訴你。」

北村一邊回頭確認沒有追兵跟來，一邊戰戰兢兢的說著。

「就到你家去吧！老奶奶很擔心你呢！」

「不，我不能回家，太危險了。我知道一個好地方，到街上去攔車子吧！」

「咦！好地方？什麼地方啊？」

「到哪裡都行，你跟我來吧！到了車上再說。」

到了大街上，正好看到迎面開來一輛車。北村連忙招手上車，平野只好一起上車。

「怎麼回事啊？你快說吧！」

「待會兒你就知道了，到那裡我再告訴你。」

「到哪裡去呀？」

「到那裡去。你也知道他的名字，就是明智小五郎。」

「咦！你是說名偵探嗎……」

「是啊，一定要通知警察，不過要先去找明智偵探。我先前就見過明智兩、三次，這件事情和他商量比較好。」

說完之後，北村就不再說話了。

即使跟他說話，他也不回應。

終於汽車進入千代田區，停在明智偵探事務所的門前。按了門鈴之後，有著一張蘋果臉的小林少年出來應門。他是名偵探的助手，也是有名的少年。

明智偵探正好在家，於是立刻請他們到西式客廳。明智偵探、小林少年、北村先生、平野少年四個人圍坐在圓桌前。

打過招呼之後，北村先生馬上說道：

「明智先生，這一個月以來，我都被關在可以飛在天空的飛碟裡，今天早上終於趁他們不注意逃了出來。」

「咦？」

聽到這番話，另外三個人不禁對望，發出驚訝的叫聲。那個飛碟就是已經消失蹤影的飛碟。

「飛碟？你是說落在丹澤山的飛碟嗎？到底在哪裡呢？」

明智偵探連忙問道。

「仍然在丹澤山，換了位置，在更裡面的深山裡，連樵夫和獵人都不會去的可怕深山裡。」

「為什麼不通知山麓的警察上山尋找呢？」

「沒有用的。飛碟可以自由自在的飛翔，他們一旦知道我逃走，就不可能留在同一個地方，一定會飛到別的地方去了。到底飛到哪裡，誰都不知道。」

正如北村所說的，飛碟飛行的速度十分驚人，就算警察前往包圍，也找不到飛碟。縱使出動飛機，恐怕也追不上。實在是很難應付。

「你為什麼會被關在飛碟裡？」

明智偵探問道。

「那個飛碟落在丹澤山中的幾天之後，我一個人在路上散步。那一天我閒逛漫步在世田谷區盡頭的大道上時，已經夕陽西沉、天色微暗了。我想要趕緊回家，但眼前突然出現一個奇怪的傢伙。他並不是走過來，而是從上方落下來，就站在我的面前。

雖然天色已晚，但是，一看就知道是那個有著翅膀的大蜥蜴。我看過報紙的報導，簡直一模一樣。

我嚇得想要逃走，但是，他卻迅速的撲了過來，把圓圓的東西塞在我的嘴裡，我無法發出聲音來。之後，他又將一個柔軟的金屬帶綁在我的頭上，矇住我的眼睛。

後來我才知道，塞在嘴裡圓圓的東西，也是同樣的金屬做成的，那是地球上沒有的金屬。不，也許不能稱為金屬吧！

總之，它能夠自由自在的彎曲，就像橡皮一樣具有彈力，但又好像鐵一般的堅固，顏色是銀色的，好像是遙遠星球世界的金屬。而飛行在空中的飛碟，也是用這種金屬做成的。此外，裡面還有很多機械和器具也都是用這種金屬做成的。

我的嘴巴被塞住之後，整個身體被拉到空中。大蜥蜴怪物把我夾在腋下，拍動翅膀。天色很暗，我看不清楚，我想應該是飛到距離地面幾百公尺的高度吧！吹在臉上的風非常強烈，怪物的速度一定很快，我甚至無法呼吸。

通過熱鬧的街道上方，閃爍著光芒的街燈，看起來就好像是萬燈流（在寺廟或神社進行的儀式，許多方形紙罩座燈都因點燃蠟燭而大放光明）似的，實在是非常的美麗。那景況就宛如從飛機上俯看夜晚的大都會一樣。

飛行了大約一個多小時，一直被如冰一般的風吹拂著，全身都發麻了。終於到達了目的地，速度減慢，接著就落在地上。

走了一會兒之後，矇住眼睛的帶子被解開了。當時我並不知道那是什麼地方，後來才知道是在大飛碟中。

那個地方有如銀一般的白，並不是燈泡，而是一種難以言喻的光。周圍東西的形狀很奇怪，不曾在地球上看到過，可能是開動飛碟的機械吧！但是，它和我們所知道的機械不同，完全沒有任何的齒輪，就好像是彎彎曲曲的帶子綜合纏繞在一起，都是以銀色或透明玻璃的材料做成的。只有這兩種顏色。材質是其他星球的金屬，既硬又軟，能夠自由的彎曲，富於彈性。」

北村先生說到這裡，突然停了下來，開始喝著咖啡。大家都保持沈默。他的描述實在是太過於神奇了，教人無法插嘴詢問。

魔法鏡

北村繼續說道：

「當時我在銀色的光中清清楚楚地看到蜥蜴怪物，他的形狀和人很相似，讓人非常驚訝。有手腳，可以光靠腳站立。在外星世界中最方便的形體，應該還是和人一樣的形體吧！

但是，那個怪物還擁有人類所不及的武器，那就是一雙大翅膀。地球人不靠飛機就無法在天空飛行，但是他卻能夠自己飛行。而且手指、腳趾之間有如水蹼一般的東西，相信他一定很會游泳，能夠像鱷魚般的潛入水中。

那是在水、陸、空各領域都能夠自由移動的怪物。不，不能夠說是怪物，應該說是更進步的萬能生物。

他的身體就像蜥蜴一樣擁有美麗的條紋。紫色、綠色、黃色構成的條紋就好像彩虹一樣，但是，臉看起來並不美。就以地球上的動物來比喻，他看起來就像鳥，眼睛下面沒有鼻子而是嘴巴，而且是尖又大的嘴巴，沒有牙齒，有紫色般的牙齦。

眼睛就如松下所說的，像是蛇一般的眼睛。仔細一看，好像帶有電似的，會讓人身體收縮，無法動彈。那是在地球無法想像的可怕眼睛。那雙眼睛，當然會讓勇猛的樵夫松下看了之後嚇得昏倒。

當我被抓到飛碟上，看到怪物的眼睛時，就覺得非常厭惡、害怕，根本不敢看，盡量閉上眼睛或趴在地上。等過了兩、三天習慣之後，才敢偷偷的瞄他幾眼。

在這一個月內，我和怪物一起生活，漸漸熟悉之後，發現他並不打算吃掉我，而且擁有我們地球人所不及的智慧，因此我不再怕他。看到他那如彩虹般的蜥蜴身體，反而覺得非常美麗。」

「但是，他為什麼要抓你呢？難道沒有害你的意思嗎？」

明智插嘴問道。

「這就是我接下來要說的事情。他抓我，是為了想要學習地球人的語言。當然，地球人的語言中，我只會說日本語，他只花了一個月就學會了日本語，真的非常聰明。只要聽過一次就不會忘記，就好像錄音機一樣，全都錄在頭腦中。

稍微可以交談時，我告訴他在地球上有幾十個國家，使用的語言都不一樣。他感到很驚訝，因為在外星世界只有一種語言。

不過，我很想學會他的語言，卻辦不到。他嘮嘮叨叨說的話，我完全不知道是什麼意思。他學會了日本語，但是卻不教我他的語言。

還有，他到底是來自哪一個星球，也不願意告訴我，也不願意讓我知道飛碟機械的秘密。不管再如何地問他，他都面露難色，似乎有點生氣，因此我只好作罷。

我完全不了解他的語言，但是他卻會說日本語。那是因為在外星世界有非常便利的工具，我覺得它有如魔法鏡一般，因此，把它命名為魔法鏡。那是看起來像盤子一樣的銀色金屬，放在面前時照的不是臉而是心，能夠將擁有鏡子的人的心映照在鏡子裡，有如照片般映照在銀盤子的表面，就好像是拍出心靈照片的底片一樣。

到底是怎麼拍出來的，我一點兒也不知道，總之，這是存在於某處不為我們所知的外星世界的科學。地球上的科學絕對辦不到這一點。我只能說這是魔法。

例如，他看著我的衣服，想要知道這怎麼說的時候，就會讓我的衣服顯現在心裡，這時和我衣服一樣的東西就會顯現在鏡子裡，我看到之後，只要說『衣服』，他就可以了解了。這種教法利用繪畫方式也可以做到，但是用魔法鏡當然更快。

大約在五天前，他終於能夠說一些日本會話了。這時，蜥蜴男首度

對我說出可怕的話：

『你、逃、變灰』

我聽得懂這幾個字的意思是『如果你想逃，就會變成灰。』但是，灰是什麼意思？難道外星世界的魔法能夠把我變成不知名的東西嗎？我感到很害怕。怪人立刻飛到飛碟外面，不久之後抓了一隻小猴子進來。他有翅膀，所以，要抓樹上的猴子非常容易。

這隻小猴子被前面我提過的柔軟金屬給綁住，根本無法逃走。蜥蜴男又從手掌中拿出小的銀色圓狀物體。這個東西一端是尖的，狀似橡皮滴管。

蜥蜴男將尖端對著小猴子，並用手壓擠圓頭的部分。這是具有柔軟彈性的金屬，就好像滴管一樣，裡面可能裝了某種氣體或白煙，這時向小猴子噴出煙來。

啊！光是想到這裡就令我毛骨悚然。那是非常可怕的氣體。被氣體噴到的小猴子一下子就消失了，只剩下一撮灰燼。本來還是一隻活生生的動物，卻在瞬間變成一撮灰燼。

我終於知道他所說的『變灰』的意思了，那是指我會變成灰。怪人似乎是要讓我了解，如果我想要逃走，就會像那隻小猴子一樣化成灰燼。」

銀色面具

北村看著明智偵探繼續說道：

「明智先生，他為什麼要學日本語呢？花了一個月，這麼熱心的學我們的語言，想到這裡，我就覺得害怕。

難道他有什麼可怕的企圖嗎？

我當了半個月的俘虜，他經由我而知道了日本人有各種的服裝，也

知道可以在什麼地方買到那些服裝。有時候他自己一個人不知道到哪裡去，過了五、六個小時之後才回來。我曾經想過趁這段時間逃離飛碟，但是，卻打不開飛碟的出入口，沒辦法，只好等他回來。

那傢伙扛著大行李回來。你猜裡面是什麼呢？是衣服。有兩套西裝、兩件外套，還有警察的制服和帽子，可能是在東京或橫濱的舊衣店偷來的吧！

每三天他就會出去一次，每次回來都會帶一些警備人員的制服、工人的衣服、絲質的和服以及罩在外面的罩衫等。飛碟裡就好像是表演戲劇用的衣帽間似的。

有一天早上，我從飛碟裡的床上醒來時，看到眼前站著一個人。原來這個不知道是蝙蝠還是蜥蜴的宇宙怪人，喬裝改扮成地球人。

他在上衣背部動了點小手腳，讓蝙蝠翅膀能夠伸出來，頭上戴著軟帽。雖然看得到下面尖尖的臉，但已經不像是鳥的臉，而是像人的臉。

而且這張臉散發著銀色的光彩。

和人的臉一樣形貌的東西，原來是銀色面具。在眼睛處挖了洞，從洞中可以看到怪物像蛇一般的恐怖眼睛。嘴巴部分也挖了洞，兩端向上翹起，成為新月形的黑洞。也就是說，銀色面具是微笑著的，隨時隨地都是笑著的。

後來我才知道這個面具並非只覆蓋了前面，而是從頭上罩下來的，是銀色的鐵面具。這個面具是宇宙怪人自己做的，它和翅膀一樣硬，而且可以自由自在的彎曲，是用外星世界的金屬做成的。那是很神奇的金屬，因此，就算是要做成面具，也不是不可能的。怪人趁我不知道的時候，在大飛碟裡的工作室做了面具。

我看著伸出翅膀、戴著銀色面具、穿著衣服的背影，感到有點害怕，後來才知道他是怪物喬裝改扮的，於是問他：

『你變成這個樣子到底想做什麼？』

『你不知道嗎？』

問答之間，銀色面具的新月形嘴巴一直笑微著。

『難道你想變成日本人，溜到東京街上去嗎？你想做什麼？難道是要觀察地球的情況——日本的情況嗎？想當間諜嗎？』

『也許吧！』

怪人仍然笑著。

『不只是當間諜而已吧？你到底想偷什麼？是不是要把地球人抓到外星世界去呢？』

『住口！你不怕變成灰嗎？』

聽到他這麼說，我就不敢說話了。我想到那個好像滴管的金屬一噴出煙，就使得小猴子瞬間變成灰燼的事情，我不想變成灰，因此，只好住口不語。

雖然我不斷的找機會想要從飛碟中逃走，但是，卻苦無機會。昨天早上終於找到機會了。怪人離開飛碟之後，並沒有關上飛碟的出入口，也許是忘了吧！

我趁這個機會逃離飛碟，溜到茂密的森林裡，爬行到樹葉下躲藏，以爬行的方式逃走。雖然迷路了，但是，花了一天的時間，終於在夜晚時分來到山麓。

那天晚上住在村人家裡，隔天走到電車車站，搭乘電車回到東京。

我並沒有對任何人說飛碟和怪人的事情，因為我已經逃走了，飛碟不可能還停在原來的地方，一定飛到其他地方去了。而且就算別人要我帶他們回到原來飛碟停放的地方，我恐怕也不知道路了。

只想趕快回到東京，通知警政署，通知報社，讓他們知道怪人會裝扮成日本人出現。一定要讓國內的人都知道才行。」

北村的敘述到此結束，但是，並沒有人開口提出問題。因為這是個非常可怕的故事，所以，其他的人也不知道該說些什麼才好。

過了一會兒，名偵探的助手小林少年突然問道：

「你吃什麼東西呀？怪人從哪裡拿東西來吃呢？怪人也和我們一樣要吃東西嗎？」

北村似乎認為這是理所當然的問題，點了點頭說道：

「事實上，真的很奇怪。怪人從銀色的小盒子，拿出錠劑放入嘴巴裡，這就是他的食物。他也給我吃這個，一天吃兩、三次，一點都不覺得餓。而且也讓我喝像酒一樣的東西，真的很好喝。只要一、兩顆小錠劑，再加上一杯酒，肚子就不餓了。能夠發明出這麼方便的食物，這種科學技術地球人是辦不到的。」

明智偵探沈穩的問道：

「北村先生，你說怪人有翅膀，如果你逃走，那麼，他也應該會飛到空中找你，把你帶回飛碟去。為什麼他不這麼做呢？」

「我想，可能是因為他已經學會了日本語，不再需要利用到我了吧！也許他是故意把飛碟的蓋子打開讓我逃走的。明智先生，我想或許是他希望經由我說出這件事情，並將它刊登在報紙上，讓整個日本都知道這件事情。他可能心想，自己已經變成了人進入日本的城市中，抓得到就來抓吧！想要表現出宇宙人的偉大吧！」

「哦！想要表現出宇宙人的偉大，這個想法倒是很有趣。但是，如果他真的是從外星世界來查尋地球狀況的間諜，那麼，就應該隱藏自己喬裝改扮為人類的秘密才對呀！這的確很有趣，其中應該存在很深的意義吧！」

明智偵探說出了謎樣的話，一直凝視著同一個地方。當時在座的所有的人都不了解明智這番話的意義，直到後來才知道話中的道理，不愧是名偵探。

地球的恐怖

北村在明智偵探的帶領之下到了警政署，詳細報告關於宇宙怪人的事情。因為這是大事件，因此，警政署署長連忙把事情向內政部報告，消息傳到了總理大臣的耳中，舉國震驚。

第二天的報紙用與刊載戰爭新聞同樣大的篇幅來報導北村的故事，震撼了所有國人。

戴著銀色面具、穿著與人類同樣服裝的怪物進入了東京城市中。不，不光是東京而已，因為他的飛行速度和飛機一樣快，也許已經到了大阪、名古屋或任何一個城市。這個怪物可能就在自己的身邊，想到此處，真是令人毛骨悚然。

在這幾天內並沒有發生什麼事情，但是，有一天報紙上又刊載了令人震撼的消息。

這次是在外國發生的事情。和當初飛過銀座天空同樣的「飛在空中的飛碟」出現在美國紐約市的上空。不僅如此，這架飛碟在某座山中著陸，而且有一些人看到了宇宙怪人。這宇宙怪人也擁有像蝙蝠般的翅膀、像蜥蜴般的身體。

這個事件不僅震撼了日本，也震撼了全世界。外星世界的生物來到地球，這可是個大事件。每天的報紙都刊載相關消息，廣播電台也報導這些事件，不管哪個國家的人民都在談論宇宙怪人的事情。

也許「飛在空中的飛碟」有成千上萬個，甚至可以把整個天空都籠罩成一片漆黑，大量的降臨到地球。在地球著陸後，從飛碟裡走出幾十萬個蜥蜴人，瞬間就讓所有動物化為灰燼。利用那可怕的武器，來自外星世界的怪物，剎那間就占領了整個地球。

報章雜誌上刊載了世界上許多學者的各種意見，其中的一名英國學

者發表了以下的看法。

「在地球附近的星球之中，有生物存在的可能是金星。在金星中隨著生物的增加，土地欠缺，再加上氣候逐漸的寒冷，於是產生了不利於居住的變化，因此，金星的生物想要將氣候極佳的地球據為己有，將人類化為灰燼，而自己住進了地球。所以，他們首先要調查地球的情況，了解人類到底具有多大的力量。現在震驚美國和日本的蜥蜴人，可能就是他們派來的間諜。」

因為是偉大的學者所寫的文章，所以，全世界的報紙都刊載了他的意見，全球的人都在閱讀這篇文章，當然也都感到毛骨悚然。

這比起大地震、大戰爭更可怕好幾倍。另類的蜥蜴人，可能會把地球上的人都化為灰燼，因此，大家當然都會非常害怕，恐懼不已。

過了幾天，平野少年家附近發生了一件可怕的事情。

平野一郎有一個姊姊，她是音樂學校的學生，據說是小提琴天才，面貌、身材都很美，宛如仙女一樣。

有一天，平野跟著姊姊到朋友的家去玩，到了黃昏天色微暗的時候，兩個人離開朋友家，走在回家的路上。

這是非常寧靜的住宅區，街道旁的空地上有一棵古老的大橡樹，就像巨人般的聳立在空地上，從遠處望去，即可看見這棵大橡樹。

經過橡樹下的時候，平野少年抬頭往上看，不知怎麼的，平野少年忽然停下腳步，站在那裡一動也不動。

「一郎，怎麼回事?你看到什麼啦?」

姊姊看他突然停下腳步，覺得很奇怪。

「姊姊，妳看，有奇怪的東西耶!就在樹上。」

姊姊也抬頭往上看，結果也和一郎一樣，一動也不動的站在那裡。

事實上，他們發現了異樣的東西。

在離地十公尺的大樹枝上，看到的不是樹葉，而是茶色的大型物

體。雖然天色微暗，看不清楚，但是，看起來卻像是人的形狀。穿著茶色服裝的紳士跨坐在樹枝上，頭上戴著茶褐色的軟帽。

「怎麼爬到那麼高的地方？在做什麼啊？」

「我覺得怪怪的，趕快走吧！」

「啊！姊姊，等等，那個人的臉上在發光耶！妳看，銀色的臉。」

在軟帽下面的銀色一張臉，一直看著這邊，而且，新月形的嘴巴不斷的微笑著。

兩個人嚇得毛骨悚然，拔腿就跑。他們手牽著手，趕緊朝家的方向逃跑了。

兩個人臉色蒼白，不斷的喘著氣。回家之後，就告訴家人樹上怪物的事情。首先是爸爸飛奔出來，然後是聽到消息的鄰居全都聚集過來，一時之間人愈聚愈多，十幾個人全都戰戰兢兢的跑到橡樹下，北村也在其中。此外，在民眾的通知下，警察也趕來了。

大家聚集在橡樹下。這時天已經完全黑了，但是，還是可以看到怪物的身影。

「各位，真的是他。你們看，那個銀色的臉，還是背上的翅膀……」北村輕聲說道。在西裝的背後附著了黑而長的東西，就是像蝙蝠的翅膀。

知道那就是宇宙怪人，大家不禁倒退了幾步。就在大家打算逃走的時候……，樹上的怪物出現了大動作。蝙蝠翅膀啪的張開了，穿著西裝的紳士拍動著翅膀。

地上的人害怕的異口同聲「哇」的大叫了出來，因為怪物好像要朝這裡飛來。

怪物離開了樹枝，用大翅膀在空中飛行，於是大家又再次「哇」的大叫，想要逃走，然而怪物並不是往下飛撲過來，而是朝天空飛去。

大家察覺到這一點之後，又停下了腳步，抬頭望著黑暗的天空。

他們看到很奇怪的光景。戴著軟帽、穿著西裝，甚至穿了鞋子的紳士，竟然靠著既大又黑的翅膀在天空飛行，讓大家懷疑自己是不是在做夢。如果不是夢，世界上又怎麼可能發生這種事情呢？

但這並不是夢。的確是有一張有銀色的臉的紳士在高空中飛行。平野的爸爸、警察、北村等將近二十個人都看到了這幅光景。

怪人不斷的朝天空飛去。天空已經一片漆黑，甚至可以看到閃爍的星星。在微弱的星光下，怪物愈飛愈高，朝黑暗中飛去，地上的人漸漸的看不到他的蹤影了。

如果在白天，也許可以用飛機追趕，但是現在是晚上，無法追趕，因為不知道怪人到底朝哪個方向飛去。

到目前為止，除了松下和北村之外，其他清楚看過宇宙怪人的人已有將近二十個人。以往懷疑北村的話的人，現在也不得不相信他了。戴著銀色面具的飛行怪人，就這樣的出現在東京的天空，似乎可怕的事情就要展開了。

接下來的一個月內，發生了各種事情。其中之一，就是在銀座大百貨公司屋頂上的怪事件。

百貨公司的職員水谷少年，有一天傍晚，因為有事而到屋頂上的熱帶植物的溫室去。這時百貨公司已經打烊了，在廣大的屋頂上沒有任何人。

在溫室內做完事情之後，就離開玻璃屋。這時，水谷少年突然面露奇怪的表情，佇立在那裡。

原本應該是空無一人的廣大屋頂上，在對面的角落卻有黑色的東西站著，看起來像是人影。

仔細一看，黑色的人影正朝自己靠近。

黑色的人影穿著灰色的外套，戴著紅色軟帽。這時，天色已經非常暗了。這個灰衣男子的身影好像幽靈一樣，看起來相當朦朧。

當對方靠近時，可以看到軟帽下方的臉。那張臉就好像抹了白粉一樣，非常的白。而且不只是白而已，甚至閃耀著光芒。

水谷少年突然覺得寒毛直豎，甚至想要「哇」的大叫，但是，還是忍住了。

這個男子的臉散發出銀色的光輝，原來真的有銀色臉的人存在。就是那個傢伙，戴著銀色面具的蜥蜴男，是來自外星世界的怪物。

少年就好像是被貓狙擊的老鼠一樣，根本無法動彈。

怪人走到距離他兩公尺遠的地方。戴著銀色面具的怪人，其新月形的黑嘴甚至已經拉到耳朵，笑著的神情讓人覺得非常可怕。

「你應該知道我是誰吧！知道吧？」

怪人的聲音和人的聲音有點不一樣，說出奇怪的話語。

「你在發抖、害怕嗎？不用擔心，我不會對你怎樣的。」

水谷少年，覺得自己快要不能呼吸了。

「你要把我在這裡的事情……告訴百貨公司裡所有的人，一定要讓他們知道……。知道嗎？我走了。」

怪人用斷斷續續的話語說著，推了一下水谷少年的肩膀，但是力量並不大。原本像石頭一樣僵在那裡無法動彈的少年，隨即仰躺在地上，並沒有連滾帶爬，也沒有想要逃走，就好像死去的人一樣。

這時，怪人哈哈哈……用奇怪的聲音笑著，突然脫下外套，露出了蝙蝠翅膀。啪的張開了翅膀，怪人的腳飄浮在空中。

接著是一陣拍動翅膀的可怕聲音。倒下的水谷少年連滾了兩、三滾，聽到「噗……」奇怪的聲音。

長著翅膀的怪人朝天空飛去，就好像惡魔升天一樣。灰色的身影慢慢的消失在傍晚的天空中。

不久之後，水谷少年終於回過神來，趕緊通知百貨公司的上司。整個百貨公司騷動了起來，警察也趕來了。但是，已經太遲了，根本不可能追上消失在空中的怪物。

後來，怪物不斷的出現在東京的各個市區，然後又逃向天空，而且都是在黃昏時刻出現在令人意想不到的地方。

有一次是出現在黑暗的天空下，停留在高高的煙囪頂。

有一次則躲在行走於隅田川的船上。

又有一次，則是以手托腮躺在後樂園棒球場（直到一九八八年東京巨蛋完成之前，所有棒球比賽都在這裡舉行）上。

怪人為什麼要做這些事情呢？報紙上刊載了這些消息，也刊載了許多人的意見，多數人認為：「也許怪人想要嚇嚇東京人，想要讓東京人看看他們的樣子吧。」

但是，後來才知道，怪人並不是只要讓別人看到自己而已，因為在美國和日本都發生了非常可怕的事情。

有一天，東京國立博物館最重要的國寶佛像不見了。如果只是這樣

還不要緊，然而著名學者的博物館館長，卻和佛像一起消失了。警察全力搜尋，可是一直都找不到博物館館長和佛像。

而在美國，紐約大醫院最進步的醫療機械及世界著名的博士外科部長也一起消失了。警察不斷的找尋，卻仍然苦無線索。

全世界的報紙都在報導這兩大事件，認為一定和外星世界的怪物有關，一定是怪物把人和東西都搶走了。

外星的間諜，偷走地球上最進步的醫療機械和偉大的美術品，把它們帶到外星世界去，收藏在外星國家的博物館中。這並不是不可能的事情。

但是，為什麼連人都要偷走呢？這到底是為了什麼呢？難道要把地球人關在外星國家動物園的柵欄裡嗎？還是想要從學者的口中問出地球上的各種事情、想要知道地球人的智慧有多高呢？

不久之後，甚至連在這個故事裡最先出場的平野少年，自己也都發生了可怕的事情。蜥蜴怪人不僅把目標對準大人，甚至那個神奇、帶有水蹼的手指也開始伸向了小孩的身上。

綠色的手

名偵探明智小五郎，在博物館館長失蹤之後變得非常忙碌，因為他要幫忙警察調查這個大事件。

由於美國和日本發生了同樣的飛碟事件，因此，美國警方派了數名相關人員搭機來到東京，而日本也派出警察到美國去。雙方調查事件，互相商量，想要抓住來自外星世界的怪物。

他們每次在東京舉行討論會時，都會請來明智偵探，徵詢他的意見，因此，他很少待在事務所。

有一天，明智偵探把助手小林少年叫到身邊，對他說：

「我最近忙於博物館事件，比較沒空，我很擔心那個平野少年。那個少年有個堪稱小提琴天才的美麗姊姊吧？你要多注意平野和他的姊姊，有空就到平野家去玩，留意看看有沒有什麼不一樣的地方。只要做好這件事就行了，拜託你了。」

從這天起，小林少年就常常到平野少年家去玩。平野少年非常喜歡小林，放學回家之後，就在家裡等小林來和他聊天，或做一些理科的實驗。鄰居北村有時候也會前來，說一些兩位少年很感興趣的事情。

北村就是被關在丹澤山的飛碟裡一個月的那個青年，因此，很自然的就會說到宇宙怪人的事情。而兩個少年總是膽顫心驚的聽他敘述。

平野的姊姊百合香，不久之後就要從音樂學校畢業了，現在學校正好放假，有空的時候就待在家裡，因此，當小林來玩的時候，她就會把弟弟平野和小林少年一起叫到房間裡，演奏小提琴給他們聽。

於是小林和百合香也成為好朋友。

平野少年的臉型已經長得很好看了，但是，姊姊更是小林以前不曾看過的小美女。她的臉蛋真的很美。

百合香演奏小提琴的時候，小林就好像在做夢一樣，宛如踩著五色雲在天空翱翔似的，有一種難以言喻的快感。

快樂的日子持續了一星期，有一天黃昏，小林看到了可怕的事情。想要奪走這個美麗獵物的惡魔，竟然在黑暗中出現了。

這天黃昏，聽著百合香的小提琴，吃完美味的點心之後，小林和平野少年分手，走到平野家門外。

在傍晚這個既不是白天，也不是黑夜的灰濛濛時刻，附近只有華麗又寬廣的住宅，兩旁是籬笆和水泥牆，並沒有行人通過，有如海底般的安靜。

小林出門之後，突然發現一名男子貼身站在平野家的圍牆外，就好像壁虎一樣的貼在圍牆上。小林心想：「真是奇怪的傢伙呀！」男子似

乎也察覺到小林的存在，嚇了一跳似的，趕緊朝對面走去，想要逃走。真是個奇怪的傢伙。

小林跟蹤了這名男子一會兒。在黑暗中，對方的身影看不清楚，跟蹤並不是一件容易的事情。

男子穿著鬆垮垮的灰色外套，戴著灰色軟帽，或許是知道小林在跟蹤他，因此，他頭也不回的不斷往前走。

不久之後，離開了圍牆，來到了廣大的空地。空地的正中央有一棵古老的橡樹高高的聳立在那裡，樹枝不斷的伸展開來。小林沒有注意到，事實上，這就是在幾天前的夜晚，蜥蜴怪人穿著茶色衣服跨坐在高高樹枝上的那棵橡樹。

穿著灰色外套的男子走到橡樹旁，突然不見了。小林想，他可能躲在橡樹大樹幹的後面，因此，悄悄的繞過去看。

角落有一盞街燈，燈光正好映照著粗大的橡樹樹幹。

小林站在樹幹前，心想那名男子一定是躲在橡樹的另一邊，因此繞過樹幹，想要找尋男子。

男子的身體，好像整個貼在樹幹上似的，站在樹幹的後面。當小林找到他的時候，他突然回過頭來看著小林。

啊！是那張臉。

小林覺得頭皮發麻，有點喘不過氣來。

那是一張銀色的臉。

眼睛宛如黑洞一般，新月形的嘴不斷的笑著，嘴裡發出和人類聲音不同的奇怪聲音。

「你是小林吧？我認識你，你是明智的助手吧？」

小林因為太過於害怕，舌頭有點打結，而說不出話來。

「我知道你會去告訴明智，我什麼都知道，我比你們地球人還聰明！你知道嗎……不過，你真可愛。」

怪物說完之後，伸出右手撫摸小林的臉頰。

啊！那隻手。

比青蛙的手大了好幾千倍，帶有水蹼的綠色的手，冰冰涼涼、滑滑的，讓人覺得很不舒服。

「你在發抖，你害怕嗎？不用害怕，我不會對你做什麼的，我絕對不會對你做什麼的……再見，再見。」

怪物就這樣的把腳踩在橡樹樹幹的裂縫處往上爬，隨即身影消失在樹葉中。

不久之後，上方傳來喀嚓喀嚓的聲音，樹上刮起可怕的風。脫掉外套的宇宙怪人拍動蝙蝠翅膀，開始飛行了。

這時，小林才回過神來，離開樹幹，抬頭看著黑暗的天空。

宇宙怪人在空中不斷的拍著大翅膀往上飛去，發出噗咻的奇怪聲音。怪人身影逐漸縮小，消失在黑暗的天空中。

小林少年頭一次遇到這麼可怕的事情。如果是人，就算是壞蛋他也不怕，可是這不是人，而是比人聰明百倍，可以在天空自由自在飛行的怪物。小林不禁嘆了一口氣，蹲在那裡。

名偵探明智小五郎，可能也敵不過這個怪物。少年小林覺得根本就無計可施。

在小林跟蹤怪人之事過了兩天之後，又發生了可怕的事情。

也是在黃昏時刻。平野一郎少年在庭院中和北村玩接球的遊戲，結果球漏接，滾到別的地方去，於是他趕緊跑去撿球。

當時天色已經黑了，他用手摸索著撿到了球，想趕快回去的時候，突然發現庭院對面有一團黑色的東西蹲在那裡。

就在姊姊房間的旁邊。當時窗簾已經拉上，而在玻璃窗下有奇怪的黑色東西蹲在那裡。

「真奇怪，這麼大隻的狗怎麼會在那裡呢？」

他心想可能是狗，於是戰戰兢兢的走了過去。

房間裡傳出優美的小提琴聲，姊姊百合香正在拉小提琴。而縮成一團的黑影，好像一直低著頭在傾聽小提琴美妙的聲音。

那是個人。不知道是從哪裡來的傢伙，翻過圍牆進入庭院，也許是小偷。平野感到有點害怕，站在那裡看著可疑的傢伙。

這時，窩在那裡的黑影突然站了起來，就好像機械人似的，用奇怪的走路方式靠近平野。

平野就好像是被貓盯上的老鼠似的無法動彈，只是張大眼睛看著對方，而身體卻像石頭一樣的僵在原地。

那個傢伙，一步步的從黑暗中走過來，愈接近時愈覺得他的身體龐大。

看到光芒一閃。原來是那傢伙的臉上發出了光芒。

平野覺得背脊發涼……原來是宇宙怪人。宇宙怪人竟然進入庭院，而且現在就站在自己的眼前。

「你叫做平野一郎吧！你姊姊叫做平野百合香吧！百合香音樂美，人美，太棒了，我每天晚上都到這裡來聽。」

原來，這個怪物不只是今天晚上來，在此之前的每個晚上，他都躲在姊姊房間外聽音樂。

平野突然擔心姊姊的事情。這個蜥蜴男到底想要對姊姊做什麼？想到這裡，平野突然鼓起勇氣。

「你打算對我姊姊怎麼樣？」

不知不覺的從口中冒出了這句話。

「把她帶到我的星球去，讓我的星球的人聽美麗的音樂。」

怪物說道。銀色面具的新月形口中發出了嘿嘿的笑聲。

「我一定會來把她帶走的。你要把這件事情告訴她哦！我的星球很美哦！你也一定想去的，嘿嘿嘿……再見，再見。」

怪物說完之後，轉身爬到庭院的樹上去。不一會兒，又聽到「噗咻」他向空中飛去的聲音。

星星魔術

平野少年聽到噗咻的聲音，不久之後，他終於可以活動了。在此之前，因為太過於害怕，身體像石頭一般的僵硬，根本無法動彈。

平野趕緊跑回屋內，告訴爸爸剛才發生的事情。這時，小林少年和鄰居北村也來了。大家聽了平野的敘述，並且商量好暫時不要把這件事情告訴百合香。因為這件事情太可怕了，擔心她會因此而生病。

小林少年立刻打電話給明智老師，告訴他這件事情。四十分鐘之後，聽到汽車在門外停下來的聲音。明智偵探、警政署的中村搜查組長以及五名便衣刑警都來了。

小林和平野少年拿著手電筒，帶領明智老師等人到宇宙怪人曾經出現的庭院。刑警們也拿著手電筒，從百合香的房間外到庭院的樹叢裡，不斷的搜查。但是，因為天氣不好，因此，並沒有看到明顯的足跡，後來也沒有發現到任何線索。

中村組長命令五名刑警在平野家附近守衛，而自己則與明智偵探兩人來到客廳，和平野的爸爸及北村青年談話。

「那傢伙已經逃到空中，現在我們也無計可施。五名刑警會不分晝夜的在這裡守候。我們會採取輪班制，隨時都保持五名以上的人員。如果還不夠，那麼十名、二十名也無妨。」

中村組長盡責的說著。

「看來應該把百合香帶到安全的地方去，真的沒關係嗎？我想到她隨時都可能被抓走，就感到坐立不安……」

爸爸嚇得臉色蒼白，用顫抖的聲音說道。

「這點我也想到了。如果把令千金帶到一個沒有窗子的房間，由大家來保護她，那麼，我想那傢伙也不可能破壞屋頂闖進去，所以不用擔心。而且你家的周圍有刑警在守衛……。刑警都有手槍，一看到怪人就會開槍射殺，所以應該沒有問題。」

中村組長為了讓對方安心而如此說道。

「明智先生，我是這麼想的。」

北村青年插嘴說道。

北村就是被宇宙怪人關在飛碟裡一個月的那個人，對於這個事件比任何人都熱心。

「那傢伙抓走博物館長，要把他關在外星國家動物園的鐵籠中，那麼，我們也可以抓住他，把他關在上野動物園的鐵籠中。要設下堅牢的大圈套來抓住他，應該需要大的鐵絲網，比抓老鼠用的鐵網大上幾百倍……」

北村青年的意見很唐突，但是仔細想想，如果不這麼做，的確無法抓住比蝙蝠和蜥蜴都大的怪物。

「如果用手槍射殺他，那麼，就問不出什麼結果來了。與其如此，還不如活捉他，問他到底是從哪個星球來的？到地球來做什麼？在他的世界到底有哪些動植物？科學進步到什麼地步？這些事情只要問關在鐵籠中的怪人，就可以擴大地球人的智慧，這樣應該對我們更有好處。所以不要殺死怪人，只要活捉他就好了。」

「關於這一點，我們再好好的商量一下。不過提出要用大的活捉陷阱，這的確是很有趣的想法。但是，既然是來自外星世界的傢伙，也許擁有我們無法想像的智慧和力量，不管陷阱如何的堅固，也許他都能逃脫呢！」

明智偵探看著中村組長，謹慎思考的說道。

不久之後，警察還是採納了北村青年的意見。準備好比老鼠籠大幾

百倍的陷阱。但是，並不是用鐵絲網做的，而是用更方便、更堅固的東西。

說到此處，突然聽到遠處傳來「哇」的哀嚎聲。

大家不禁互相對看。

「啊！是百合香的聲音，那孩子可能出事了！」

平野的爸爸說完之後，趕緊跑到屋外。

不久之後，聽到呼喊的聲音：

「大家快來呀！糟糕了，百合香、百合香她……」

原來是爸爸的叫聲。

在不久之前，百合香正加快腳步穿過庭院回到自己的房間。先前爸爸說：「今晚妳待在裡面的房間。」沒有說明理由，就牽著她到裡面的房間去。她原本乖乖的待在那裡，但是，突然發現重要的小提琴沒有帶過來，因此，偷偷的溜出裡面的房間，回到原先自己的房間。

百合香並不知道庭院出現了宇宙怪人的事情。為了不讓她受到驚嚇，大家並沒有告訴她這件事。怪人和平野少年在庭院說話的時候，由於窗簾是拉上的，而且百合香在拉小提琴，所以，關於庭院發生的事情她一點也不知道。

她回到房間裡，將小提琴放入琴盒，擺在書櫥上的時候，突然有一種難以言喻的奇怪感覺。總覺得好像有人盯著自己看，她頓時感到毛骨悚然。

百合香看看四周，但是，房間裡並沒有任何人，打開門一看，門外也沒有任何人影。

百合香突然看著窗簾，然後就無法移動視線了。

「咦！就在那裡。窗簾後面的窗外好像有人在盯著我瞧，一定就在那裡。」

百合香覺得心跳加快。但是，她是一個勇敢堅強的少女，並不打算逃走。她一個箭步衝向窗邊，很快的拉開窗簾。

在玻璃窗外，已經是一片漆黑的夜晚。在漆黑當中，她看到白色的東西站在那裡。那是異樣的白，不，不是白，應該說是閃耀著光芒，帶有銀色的光芒。

兩個如黑洞般的眼睛，新月形般彎起的嘴角……是宇宙怪人。在四、五十分鐘中前，才發出噗咻的聲音逃向空中的怪物，曾幾何時又回來了。

銀色的臉靠近玻璃窗，貼在玻璃窗上，發出喀嚓喀嚓的聲音。

百合香和窗外的銀色面具互相對看，臉上露出似笑非笑的表情，兩人對看了很久。

百合香突然「哇」的大叫，當場昏倒。

聽到百合香的叫聲，爸爸跑了過來，接著明智偵探和中村組長也跑

了過來。

確定走廊上和房間裡都沒有可疑的東西之後，明智直接靠近窗邊，打開玻璃窗。

什麼也沒有。剛才的銀色面具不知道哪裡去了。

中村組長從窗口探出身子，叫喚刑警。

從黑暗庭院的對面傳來了跑步聲，兩名刑警跑到窗邊。

「剛才這位小姐在這裡發現了一些東西而昏倒了。可疑的傢伙進入庭院，你們沒有發現嗎？」

組長慌忙詢問。

「我們一直躲在那裡的樹叢裡，觀察整個住家的情況，並沒有發現可疑的傢伙。」

兩名刑警異口同聲的回答。

「明智先生，百合香已經醒了。她說窗外出現銀色面具。對方根本沒有時間逃走，趕快找一下吧！」

平野先生用嘶啞的聲音叫著。

「大家聚集起來搜查庭院！」

聽到中村組長這麼說，一名刑警嗶嗶嗶……吹著哨子。

不久之後，待在庭院圍牆外以及大門外的刑警都跑了過來，五個人一起打開手電筒，仔細搜查庭院，可是並沒有發現可疑的身影。

真是不可思議。從百合香發出叫聲到大家聚集起來找尋，前後不到一分鐘的時間，而且庭院裡還有兩名刑警在看守著。

就算怪人會飛到空中，但是，也無法逃離眾人的視線呀！

難道百合香看到的是幻影嗎？

不，不可能的，勇敢堅強的百合香不可能看到幻影。

但是，這是怎麼一回事呢？難道外星世界的怪物擁有地球人無法想像的魔法，一下子就可以變成透明人嗎？

這天晚上，讓百合香待在裡面的房間裡，爸爸、媽媽、平野一郎少年及小林，則足不出戶的看守她。五名刑警仍然站在不同的崗位上負責看守。

明智偵探、中村組長及北村青年回到客廳討論這件事情。

「既然知道那傢伙想要抓走百合香，那麼，事情不是更容易處理嗎？也就是說，我們只要在百合香周圍設下陷阱等他來就好了，他一定會來的。」

北村青年仍然堅持自己提出來的佈下陷阱方法。

「但是，並沒有能夠裝宇宙怪人的大捕鼠器，有沒有什麼好方法呢？」

中村組長一邊說一邊想著。

「不用鐵籠，用水泥，你們覺得如何呢？用水泥籠。」

北村說出奇怪的話。

「嗯！水泥籠。這麼一來他就無法逃走囉！這樣就能夠抓住他了。但是，不能讓他察覺到陷阱，否則就白費心機了。」

中村組長有點擔心似的說道。

「不，我有好辦法。到處都有水泥做成的倉庫，只要取出倉庫裡的東西，讓倉庫裡空無一物，再擺上桌子、椅子。也就是把倉庫弄成像普通房間一樣，然後讓百合香暫時住在那裡就好了。」

「嗯！你說的很對。你怎麼會想出這麼好的計策呢？你的意思是，讓這個倉庫變成陷阱嗎？」

中村組長很訝異的看著北村青年的臉。

各位讀者，北村青年到底打算設什麼樣的陷阱呢？就算警政署同意設下這樣的陷阱，但果真就能夠抓住宇宙怪人嗎？

這是北村和蜥蜴男，互相鬥智的場面。

故事即將展開奇妙的情節了。

名偵探明智小五郎到底在想些什麼呢？到現在為止，他什麼事也沒做，只是一直看著大家所做的事情。不過，這是有他的理由的。

巨大的捕鼠器

北村青年所說的「巨大的捕鼠器」，是這樣做出來的，而警察也試做了一下。

在距離平野家一公里處有個廣大的原野，原野的正中央有一個燒掉過的水泥倉庫。警察向倉庫主人借來倉庫，把裡面佈置成房間，安裝了電燈，也放了桌椅和床，讓人可以住在裡面。倉庫入口設有奇妙的機關，至於是什麼樣的機關，稍後就知道了。

全都準備齊全之後，平野百合香就獨自一人住在這個水泥倉庫裡。某日，百合香搭乘汽車來到倉庫，住在倉庫裡，而且每一天仍然拉著小提琴。

在另外一端，有一棟小小的公寓。就在百合香住進倉庫的同一天，那棟公寓二樓的一間房子租給了一名男子。

那是三十歲左右看起來像是公司職員的人，但是，並沒有到公司去上班，一整天都躲在公寓房間裡面，從窗簾縫隙看著倉庫。

這個窗子正好對著百合香所居住的水泥倉庫的入口，任何人出入倉庫都可以一目了然。

男子不僅是看而已，有時還拿著大望遠鏡從窗簾的縫隙觀察倉庫的動靜。

不，不僅如此。另外，這個房間裡有很多如電動鍵盤的按鈕機械，男子有時候會按壓這些按鈕。按鈕旁邊都貼了小紙片，上面寫著「音樂」、「電燈」、「氣體」等奇妙的字眼。

此外，有時候會有人偷偷的溜進這個公寓房間裡。有大人也有少

年，這個少年就是明智偵探的助理小林。

每當小林少年要進入這個房間時，就會在門上咯吱咯吱咯吱，敲出暗號，進門之後就待在男子的身邊，輕聲的問他：

「還沒來嗎？」

男子也輕聲答道：

「還沒有。再厲害的人也不可能白天來，今天晚上一定會來，到時候只要他掉入陷阱就好了。」

「晚上沒問題嗎？看得見嗎？」

「沒問題，看得見。倉庫入口旁安裝了電燈，這個望眼鏡的透鏡也很亮，可以看得很清楚。」

大家已經知道了吧！這個奇怪的男子，就是警政署為了抓住宇宙怪人，而派來負責盯著巨大水泥陷阱周遭動靜的刑警。

到此為止，要抓住怪物的準備全都完成了，接著只要等那可怕的傢伙進入水泥倉庫就好了。

這天晚上，到底會發生什麼事情？怪物真的會中計嗎？

這都是我們不知道的事情。倉庫的入口到底有什麼樣的機關呢？此外，刑警所租借的房間的鍵盤到底是為什麼而設計的呢？寫著「音樂」或「氣體」等的按鈕，到底意味著什麼呢？

事實上，還有更令人擔心的事情，那就是如果怪人真的自投羅網，那麼，百合香的情況又會變得如何？到時候能夠讓百合香逃走而只抓住怪人嗎？就算辦得到，百合香也一定會驚嚇不已，百合香和她的爸爸該如何處理這些危險的事呢？

這一天晚上，怪人真的不知道從哪裡來到了這個廣大的地區。他像平常一樣穿著外套，戴著軟帽，還有銀色面具。

從水泥倉庫裡傳來了百合香優美的小提琴聲，怪人被這個琴聲吸引而來到了倉庫後面。

倉庫後面有一個鑲著鐵柵欄的小窗子，怪人觀察了一會兒情況之後，就撲到窗前抓著鐵柵欄，看著裡面的情景。

倉庫裡面有著藍色燈罩（遮光的罩子）的桌上檯燈亮著。百合香正坐在桌前拉著小提琴。

怪人把奇怪的銀色臉貼在窗子的鐵柵欄上，一直看著百合香，而百合香卻一點也沒有發覺。

怪人終於離開了窗子，以奇怪的走路方式，慢慢地繞到了倉庫的正面。

倉庫的正面有著厚重的鐵門。怪人檢查了一下鐵門的門鎖，發現沒有上鎖，於是用手輕推著鐵門，悄悄的推開了兩公分的縫隙，觀察裡面的情況。

百合香就坐在對面拉著小提琴，一點也不知道門口的鐵門被悄悄的打開了。

鐵門慢慢的、一點點的移動著。怪人小心謹慎的把鐵門推開。

經過一段頗長的時間，終於推開了一扇鐵門。怪人躡手躡腳的進入了倉庫。

就在這個時候，聽到「喀鏘」、「叩咚」的可怕聲音，有東西從上面掉了下來。

怪人嚇了一跳回頭一看。這時，倉庫入口的鐵柵欄掉落了下來，因而引起這可怕的聲音。

之前宇宙怪人並沒有察覺到有鐵柵欄。原來先前一腳踏進來的時候，踏到了倉庫入口處的一塊地板，這塊地板移動了一下。只要有人踩到這塊地板，那麼，地板下的電動按鈕就會作動，而入口上方的鐵柵欄就會鬆動而掉落下來。

也就是說，這是比一般老鼠籠大上好幾百倍的老鼠籠。

怪人撲向鐵柵欄，用力往上推。但是，用粗大鐵條做成的柵欄十分

的重，即使是怪人，也無法將它推起。

怪人被抓住了，關在巨大的老鼠籠中，即使擁有魔力也無法逃脫。

但是，被抓住的不是只有怪人而已，在倉庫裡還有百合香。這時她怎麼還一直坐在那裡一動也不動呢？

怪人知道自己出不去，於是轉過身來瞪著百合香，隨即伸出雙手，啪的撲向她。

這到底是怎麼一回事呢？警察想要捉住怪人，可是怎麼可以利用這個美麗的少女為餌呢？百合香會不會被怪物殺死呢？

怎麼可以讓這種悲劇發生呢？

毒氣

這裡是公寓二樓的刑警房間。刑警用望遠鏡從窗簾的縫隙看到先前發生的一切事情。因為倉庫的前面安裝了電燈，因此，怪人的一舉一動全都看在眼裡。

從這裡也聽到了鐵柵欄落下來的聲音，怪人以可怕的力量搖動鐵柵欄的行為也歷歷在目。但是，沈重的鐵柵欄並沒有被推動。

終於看到怪人轉過身撲向倉庫內部。他當然是撲向百合香，但是，從這裡已經看不到接下來發生的事情了。因為倉庫裡面比較暗，入口的牆也擋住了一切，所以，看不到百合香坐在桌前的情景。

「糟糕了！」

刑警拿掉望遠鏡，自言自語的說著。只要那個鐵柵欄不被弄破，怪人當然無處可逃。雖然有小窗子，但是，全都用粗大的鐵棒隔起來了，即使是怪物，使盡力量也推不倒。

刑警趕緊跑到鍵盤處，按下上面貼著「警鈴」紙片的按鈕。這時屋外響起「叮鈴鈴」的警鈴音。

這是一種信號嗎？躲在暗處的五名男子立刻出現，衝向水泥倉庫。兩個人從正面入口、三個人從後面及側面三個方向突擊。

這是為了關閉入口和三個窗子的鐵窗。窗子外面都安裝了堅固的鐵門。

五個人各自關好鐵門再回來時，二樓房間裡擠滿了人。另一個房間則有警政署的搜查課長和兩名組長，其中一名是大家所熟悉的中村組長，另一名則是為了支援這次事件而前來的佐藤組長。北村青年和小林少年也來了。明智偵探卻不見蹤影。

先前關閉倉庫鐵門的五名刑警，回報所有的鐵門都已經關緊了。

「那麼，要按下按鈕嗎？」

坐在鍵盤前的刑警看著上司們低聲問道。

中村組長對搜查課長耳語著，搜查課長點點頭。看到這個情景，警官用強而有力的聲音說道：

「好，按吧！」

刑警按下上面貼著「氣體」紙片的按鈕。

今天晚天，為了支援這個事件而露臉的佐藤組長面露怪異的神情，用手指戳著中村組長的膝蓋，問道：

「這個按鈕是做什麼用的？」

「安眠氣體。」

「咦！安眠氣體？」

中村組長笑了起來，說道：

「你可能還沒有聽過吧？這是一種毒氣。利用安裝在倉庫裡的按鈕，就會從倉庫地板下冒出毒氣。只要按下這個按鈕，那麼，毒氣會通過鉛管而進入倉庫中。」

「要殺死那個傢伙嗎？」

「當然，不是殺死囉！只是讓他睡著而已。就好像是一種安眠氣體

一樣。」

「哦？那麼當誘餌的小姐不是也會睡著了嗎？哦！不，在聞到安眠氣體之前，恐怕小姐已經被那個傢伙修理了吧！」

「哈哈哈……你不知道嗎？小姐沒問題，絕對不會被修理的。」

中村組長說著莫名其妙的話。

「你很喜歡釣魚吧？釣魚不見得是用真正的魚餌，有時候可利用相同形狀的魚餌。在倉庫裡的並不是真正的百合香小姐。」

「哦！你是說代替品嗎？但畢竟還是活人啊……」

「不是活人，是人偶。那是利用電動開關使得手和頸部會動的自動人偶。你看，這個按鈕上面不是寫著『音樂』或『電燈』的字嗎？『音樂』就是指讓人偶演奏小提琴的開關，但並不是真的演奏，所以不會發出聲音來。音樂是利用錄音機播放出來的音樂，在倉庫桌子下面有蓄電池。這裡安裝了錄有百合香小提琴音樂的錄音帶，只要按下按鈕，錄音機就會作動。這個機關的電線全都埋在地下，沒有人會發現。『電燈』的按鈕，當然就是指點亮或關掉倉庫中電燈的開關。」

「哦！是嗎？難怪大家都好像不在乎似的，的確是很好的想法。」

佐藤組長很佩服的說著。

「這個機關全都是在這裡的北村所設計出來的。北村青年是位科學家，是他想出這個很棒的陷阱的。」

所有的謎題都解開了。真正的百合香被藏到安全的場所去，怪人只是被假的百合香所吸引而中了圈套。北村立了大功。

在眾人對話之際已經過了一段時間，毒氣當然也已經放出去了。

在搜查課長的命令之下，中村組長帶了一名刑警去觀察倉庫內的情況。

兩個人離開公寓，通過廣大的原野，來到倉庫入口附近。他們從兩邊合力拉開沈重的鐵門，然後為了避免吸入毒氣，趕緊躲到一旁去。

鐵柵欄仍然緊閉著。裡面並沒有任何動靜，怪人可能已經睡著了。

過了一段時間之後，兩個人接近鐵柵欄，觀察裡面的情況。百合香人偶橫躺在桌子前面。

但是，並沒有看到怪人的身影。

「真奇怪，也許躲在桌子後面。到後面窗子瞧瞧吧！」

兩個人耳語著，繞到倉庫後面。那裡有一個小小的梯子，是先前用來關窗子鐵窗而留下來的。刑警踩著梯子往上爬，打開窗子的鐵窗。

「沒有人！怎麼一回事啊？沒有其他地方可以躲藏呀！」

中村組長也跟著爬上梯子，看裡面的情況。正如刑警所說的，並沒有看到怪物。

「你趕快叫課長和大家到這裡來。情況有點奇怪喲！難道那傢伙使用魔法消失了嗎？」

在組長的吩咐之下，刑警趕快跑開了。

不久之後，從公寓出來的人聚集在倉庫前。

在課長的指示之下，刑警們打開了剩下的兩個窗戶，觀察裡面的情況，但是，仍然沒有看到怪人。

經過討論之後，決定進入倉庫去看看究竟。一名刑警回到公寓的二樓，按下拉起鐵柵欄的按鈕。課長和兩名組長小心謹慎的手執手槍進入倉庫。

刑警們，則將倉庫四周團團圍住。

進入裡面的三個人，仔細搜查倉庫的各個角落，但是，都沒有發現怪人的蹤影。

「這個倉庫的屋頂是水泥做的，地板也是水泥做的，窗子的鐵柵欄依然完好無缺，而且外面的鐵門緊閉，連一隻老鼠也逃不掉。真是奇怪！」

課長訝異的說道。

「看來的確是外星世界的魔法。那傢伙也許像橡皮一樣的拉長，變得扁扁的，從門縫裡鑽出去了吧！」

中村組長說出奇怪的話。可是即使是天界的魔物，也不太可能從門縫鑽出去。

這當然是有理由的，那可能是，大家尚未察覺的怪物的智慧發揮了作用吧！

總之，逃出倉庫的怪人已經消失得無影無蹤了。是不是飛到空中去了呢？如果是這樣那就還好，但如果他找到真正的百合香的藏身之處，那可就糟了。

三個人想到這裡突然互相對望。因為他們都察覺到了這一點。

「百合香令人擔心。趕快打電話，我們也到那裡去吧！」

中村組長說完之後，就跑向倉庫外面。但是，現在打電話還來得及嗎？如果在按下毒氣按鈕之前怪人就逃走了，那可就已經過了很久的時間了。

也許那個美麗的天才少女，已經被戴著銀色面具的怪物抓走，並帶到沒有人知道的地方去了。

可疑的影子

這裡是百合香的家。百合香在爸爸及一些年輕親戚的保護之下，躲在裡面的房間裡。

這時，正是宇宙怪人逃離水泥倉庫的時間。夕陽西沈，電燈才剛剛打開。百合香坐在八個榻榻米大的和式房間裡。因為太過於害怕而臉色蒼白，但是，仍然像仙女一樣的美麗。百合香在眾人的圍繞之下，和爸爸、弟弟一郎以及年輕親戚坐在一起。

這個青年在平野爸爸的公司工作，擁有柔道三段的身手，今天，為

了保護百合香而到此處。他一直說一些有趣的冒險故事，想要藉此來安慰百合香。

「叔叔好厲害！只要叔叔在姊姊身邊，就能安心了，就算那個傢伙到這裡來……」

一郎少年說到這裡，突然發現自己說了不該說的話。因為大家早就約定好，不在百合香的面前談宇宙怪人。

「沒關係，百合香一點也不怕吧！那傢伙現在已經被關在水泥倉庫中了。」

青年只好這麼說。

「但是，那個傢伙和地球人不同，他會使用外星世界的魔法，絕對不能掉以輕心。哎呀……庭院裡有奇怪的聲音。」

一郎說出令人討厭的話。但是，大家都聽到了這個聲音，就好像是大野獸走路的聲音。

「可能是刑警正在巡查庭院。」

爸爸為了讓百合香安心而這麼說。

平野家周圍有五名刑警隨時隨地負責巡邏。此外，還有小林團長的十幾名手下的青少年機動隊，各自躲在不同的地方，一旦發生萬一時就會馬上跳出來。

「咦！和人類的腳步聲有點不一樣，難道……」

一郎面露畏懼的神情說道。突然啪的一聲，房間的電燈熄了。

如果是平常，大家一定會哇哇大叫，但是現在卻沒有人發出聲音。因為實在是太害怕了，喉嚨好像被東西塞住似的，無法發出聲音。

雖然也有可能是停電，可是這並不像是停電。因為庭院的電燈還亮著，外面微弱的光線隱隱約約的照在紙門上。

眾人的眼睛很自然的朝著亮處看，看到好像有白白的東西映在紙門上。每一個人的目光都盯著那個東西看。就好像中了魔法似的，視線再

也移不開了。

這時紙門上出現異樣的影子，好像是大型動物，而且正在移動著，讓人覺得很不舒服。

在眼睛習慣黑暗之後，那個東西的形狀愈來愈清楚了。

黑影的臉就像鳥一樣，身體和人相似，但是又很像大蜥蜴，而且還長著一對蝙蝠翅膀。當然，這就是宇宙怪人。

百合香看了一眼之後，突然趴了下來。一郎「哇」的大叫，想要逃走，但是還是停下了腳步。柔道三段的青年則大叫：

「畜生！」

他站了起來，立刻撲向映著影子的紙門。

隨著紙門打開的聲音，青年說道：

「咦！沒有東西，到底跑到哪裡去了？」

平野爸爸和一郎都跑到青年的身邊。紙門的外面是長廊，外面有一扇玻璃門，玻璃門是開著的。

「從這裡逃走了，逃到庭院去了。」

青年立刻跳到庭院，同時拿起準備好的哨子嗶嗶嗶……的吹起來。這是通知其他人的哨音。很快的，有兩名便衣刑警立刻從庭院的後面跑了過來。

「怎麼回事？發生了什麼事？」

「剛剛怪人爬上這個長廊，逃到庭院外面去了。趕快去找吧！」

刑警們打開手電筒開始四處尋找，而爸爸和一郎，則赤著腳來到了庭院。

就在亂成一團的時候，百合香依然趴在房間裡，好像昏倒似的，一動也不動。

就在這個時候，紙門對面另一端的紙門無聲無息的打開了，一道黑影，咻的接近百合香的身邊。房間裡面一片漆黑，看不清楚這個東西的

形狀，但是，好像是穿著外套的人。即使是在房間裡，那個人依然戴著軟帽。

軟帽下面露出白色的臉。那張臉真的很白，經由庭院燈光的映照，閃耀著光芒。哦！不，不是白色的，是銀色的，而且新月形的嘴巴正在笑著。是宇宙怪人。當大家都在注意庭院動靜的時候，他卻從另一個方向偷偷溜了進來。

怪人立刻就將百合香夾在腋下。為了避免她發出聲音，因此把手帕塞在她的嘴裡，身影就此消失在紙門外的黑暗中。百合香就這樣的被抓走了。

剛才映在紙門上的影子到底是什麼呢？那是沒有穿衣服的影子。在這麼短的時間裡，不可能馬上穿上衣服、戴著面具，難道今晚的宇宙怪人有兩個嗎？「飛在空中的飛碟」有五個，所以怪人應該有很多。看來宇宙怪人第二號已經出現了。

青少年機動隊

場景回到平野的家門前。

在籬笆所圍繞的寂靜住宅區裡，雖然還不是深夜，但是，已經完全沒有人煙。四周一片黑暗，只有對面街道轉角的街燈，將微弱的燈光投射到這裡來。

距離平野家門前不遠處的籬笆下，好像三隻大狗似的東西趴在那裡。

「喂！剛才的哨音是怎麼回事啊？好像來自百合香那裡，去看看吧！」

「笨蛋！不能離開我們看守的地方，團長不是這麼說的嗎？」

「嗯！但是，如果宇宙怪人真的出現了，難道我們還要一直呆守在

這裡嗎？」

「沒關係，聽到哨子聲，刑警們一定會跑過去的。我們不可以離開看守的地方，怪人也可能會逃到這裡來，到時候我們再出去攔住他就好了，知道嗎？」

三隻好像大狗的東西，事實上是人。因為狗不會開口說話的。仔細一看，這些像狗一般骯髒的孩子，是十四、五歲或十二、三歲的三名少年。他們穿著破爛的衣服，是流浪少年（居無定所，到處徘徊的少年。當時因為在大都市空襲而失去父母及家人的孩子很多）。

這些流浪少年怎麼會知道百合香的事情呢？原來他們是少年偵探團的青少年機動隊。小林少年聚集了幾十名流浪少年，這件事在『青銅魔人』一書中已詳細說明了。

三個青少年機動隊員悄悄談論的時候，提到了「團長」，這個團長就是指小林少年。今天晚上小林也聚集了十幾名青少年機動隊，讓他們在平野家的四周看守著，其中的三人就躲在這個籬笆下。

「噓！安靜。好像有人從百合香家裡出來了。」

年長的少年，制止另外兩個人說話。像狗一樣趴在那裡的三個人六隻眼睛，在黑暗中閃耀著光芒，一直看著那邊。

披著外套、戴著軟帽的奇怪傢伙，腋下夾著一名少女，朝這裡走過來。早就習慣黑暗的流浪少年的眼睛，清楚的看到這一切。

趴在地上、抬頭看著這一切的流浪少年的面前，逐漸出現戴銀色面具的怪人的身影，而且愈來愈大。

年長的少年，用手肘推推另外兩個人，似乎是在暗示他們「飛撲過去」。

流浪少年，就像三隻狗一樣撲了過去，抓住怪人的腳。

就算是宇宙怪人，但是當他的腳突然被抓住時，也只好停在原地，「唔」的發出野獸般的呻吟聲。但是，當他知道對方只是孩子之後，頓

時安心了下來。

「做什麼？你們是誰？」

他用奇怪的聲音問道。但是，流浪少年只是拚命的抓著他，一點兒也毫不鬆手。

怪人舉起右腳，踢開抓著他的腳的其中一人。少年「哇」的大叫，滾到遠處，痛得無法立刻站起來。

不久之後，三名少年陸續被踢開。想要抓住外星世界的怪物，光靠青少年機動隊是不可能的。

怪人仍然夾著百合香繼續往前跑，速度極快，有如風一般的向前奔馳而去。

但是，才來到籬笆轉角，又遇到飛撲而來抓著他的少年。原來是另外一組青少年機動隊，也是三個人。他們從三個方向抓住怪人的大衣，不肯鬆手。

這時，黑暗中傳來雜沓的腳步聲，出現了五、六個青少年機動隊。他們原本在別的地方看守，現在紛紛前來支援。

即使只是孩子，人數卻很多。宇宙怪人態度非常嚴肅，「唔」的發出了可怕的呻吟聲，用力甩開抓著他大衣的三名少年，像風一樣的疾馳而去。

少年們拚命的追趕了怪人一陣子，但是，始終追不上他，距離愈拉愈遠，最後怪人終於消失在黑暗中。

樹上的名偵探

帶走百合香的怪人，跑到生長著巨大橡樹的空地上，靠著橡樹樹幹拚命的喘著氣。

通常宇宙怪人都是從橡樹飛到空中，這天晚上他也打算這麼做。經過短暫的休息，他換手夾著百合香，看著上方。

大橡樹的樹枝向四面八方伸展，幾乎覆蓋了整個空地的上方。

怪人往上看的時候，聽到樹枝與樹枝、葉子與葉子之間微微傳來聲音。聲音愈來愈大，就好像有生物爬到高枝上似的。

怪人覺得很奇怪，抬頭看著聲音傳來的方向，但是什麼都看不到，只聽到滋滋的聲音，愈來愈大聲。

因為有聲音，所以知道那並不是小動物，而是很大的傢伙。但是在東京都內應該沒有猴子，那麼，到底是什麼東西躲在樹上呢？

怪人覺得很奇怪，戴著銀色面具的臉抬頭看著上方，一動也不動的盯著樹上的一切瞧，終於無法忍受的說道：

「誰？是誰在那裡？快回答，是誰？」

他用奇妙的嘶啞聲音大叫著。

「哈哈哈……」

這時，從高高的樹枝上聽到人的笑聲。同時，葉子發出滋滋嚓嚓的摩擦聲。從下面往上看，可以看到大樹枝上有黑色的東西。那是個人，是個穿著黑色西裝的人。藉由遠處街燈的照明，可以看到模糊的身影。

「是誰？你是誰？」

怪人以威脅的語氣大叫著。

「哈哈哈……我是人，是一個叫做明智小五郎的日本人。」

樹上的人答道。啊！原來明智偵探躲在這裡呀！但是，樹枝上的名偵探到底打算做什麼呢？

「明、智、小、五、郎……明、智、小、五、郎……」

怪人自言自言的說道。

「聰明的傢伙，你還知道我的名字啊？對你而言，我一定是最可怕的敵人吧！」

「明智，我知道。明智，你為什麼會在樹上呢？」

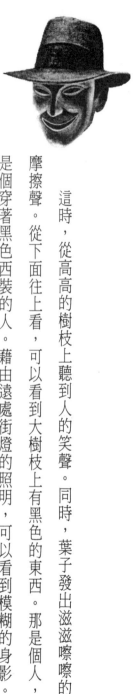

「我在等你來呀！因為我知道你一定要從橡樹上再飛到天空去。我一直在這裡等著，好阻礙你的神通力，那個能夠自由自在做任何事情的力量呀！」

樹上的名偵探好像在打謎語似的，但是，怪人好像明白他的意思，突然慌了手腳。

他將百合香放在地面上，準備逃離當場。他二話不說的以驚人的速度離開橡樹下，不久之後就消失在黑暗中。

明智偵探慢慢的從樹上下來，並不打算追趕怪人，而是扛著倒在那裡的百合香，拿掉塞在她嘴裡的手帕。

就這樣，百合香獲救了。

但是，為什麼宇宙怪人會丟下百合香逃走呢？外星世界的怪人為什麼會怕明智偵探呢？實在是不可思議。

明智偵探剛才在樹上所說的話，到底隱藏著什麼秘密呢？就好像擁

有魔法的力量似的。看來會使用魔法的不是怪人，而是明智呢！

明智平安無事的把百合香送回家，交到她爸爸和一郎的手中。這時，在水泥倉庫搜查的課長等人也來到平野家。這些人圍繞著明智偵探，誇讚他的功勞。

明智只是笑而不語，並沒有說明詳情。看來只有名偵探才知道這其中到底有什麼秘密，但是，現在還不是把秘密全盤托出的時候。到底有什麼秘密呢？

第二天早上，又發生了震撼全東京的神奇事件。

在上野公園的五層寶塔塔頂，一名少年抓著像長鎗一般的鐵棒在那裡發抖著。他穿著破爛的衣服，像個乞丐一樣。塔的周圍聚集了很多人，大家都不知道為什麼這個孩子要爬到這麼高的地方來。

警察和消防署的人趕了過去，從塔的最上層開始做準備，花了半天的工夫，終於救出了少年。這天的晚報上刊載了很大的照片，整個東京的人知道了這個消息都感到很驚訝。

這個少年是青少年機動隊中的一人，宇宙怪人對於明智偵探阻礙了他感到很憤怒，為了報復他而抓走了青少年機動隊中的一人，飛到五層寶塔的塔頂，把他留在那裡。這是少年說出的事情經過。

「真的好可怕！像蝙蝠的大翅膀不斷的拍動著，在天空飛行，就好像坐在飛機裡一樣。被放在塔頂上時，我想自己一定會死。我真的很害怕在天亮之前沒有人來救我！」

少年回到青少年機動隊時，顫抖著身體說出當時的情況。

想要擄走百合香卻失敗的怪人，接下來會做出什麼可怕的事情呢？

直升機

平野百合香平安無事的過了一段日子。但是，宇宙怪人來到地球並

不是一件小事。宇宙怪人中的一人，深受百合香的可愛所吸引而想要擄走她，因此，在百合香平安無事被救出的這一天，電波在世界各地的天空交錯著，全世界的廣播電台都在談論這件事情，而全球的報紙也都以極大的篇幅來報導這件可怕的事情。

來自遙遠的外星世界、想要探詢地球狀況的蜥蜴怪人，首先出現在日本和美國，同時也出現在蘇維埃（即蘇聯，一九九一年解體，分為俄羅斯等十五個國家）的首都莫斯科的天空上，當時看到了七個飛碟。此外，它們在莫斯科郊外著陸，從飛碟裡走出的蜥蜴怪人，和在日本和美國出現的蜥蜴怪人一模一樣。

又過了一週，陸陸續續的發生了可怕的事情，震撼了整個世界。

在天空飛行的飛碟，出現在德國的首都柏林，而在法國的巴黎也看到了，在英國也發生同樣的事情。此外，在印度、中國、非洲都看到了飛碟在天空飛行的事情。廣播電台不斷的報導這些消息，而各城鎮也發出相關消息的號外。

這可以說是地球有史以來最大的騷動事件。成千上萬個怪飛碟來到地球，幾千、幾萬個擁有蜥蜴身體、蝙蝠翅膀的怪人出現在地球，到底他們要把地球人怎麼樣呢？這不免讓人聯想到世界大戰。

整個世界都受到了震撼。現在在地球的上空有不計其數的飛碟和蜥蜴怪人，可能已經籠罩了整個天空，難道在不久的將來，整個地球的人都會被消滅了嗎？

不管哪個國家的政府都請來科學家，並且聯絡軍隊的參謀部，想要征伐宇宙怪人。各國甚至為了這件事情而舉行國際會議。

在日本也陸續的發生了可怕的事情。一些偉大的科學家失蹤了，著名的演員也行蹤不明。在美國及日本一些世界著名的偉人，也陸陸續續被擄走。廣播電台和報紙每天都報導著同樣的事情。

在日本的宇宙怪人當然不只一個。

有一天，東京報社攝影部的人員想要從空中拍攝景象，於是和駕駛兩人搭乘直升機來到神奈川縣的上空，在傍晚返回東京，於中途遠望東京都時，看到眼前有奇怪的東西在飛翔。

「咦！那不是烏鴉！是很奇怪的鳥耶！」

攝影師對駕駛說道。

「好像是蝙蝠。」

「不是。看清楚，翅膀雖然和蝙蝠一樣，但是身體卻不一樣。哎呀！奇怪，那隻鳥還穿著衣服耶！」

說到此處時，攝影師突然嚇得臉色蒼白。

一、二、三、四……數一數，同樣裝扮的傢伙共有八個。遠處的傢伙比較小，像點一樣，近處的傢伙比較大，穿著奇怪的服裝。

「咦！這是宇宙怪人，該怎麼辦？」

雖然有了發現，但沒有武器的直升機，根本無計可施，只能夠儘早

趕到東京，請求支援。

終於，飛過來的宇宙怪人就出現在眼前了。兩個怪人揮舞著大的蝙蝠翅膀，與直升機玻璃窗旁的駕駛座擦身而過。

既不打算逃走，也不打算攻擊。兩個宇宙怪人知道直升機裡的人無計可施，因此為了嘲笑他們而已，而故意做出奇怪的飛翔姿態，並且把臉貼在玻璃上嘲笑他們。

兩個怪人仍然戴著銀色面具，帽子可能疊好塞在口袋裡。頭上的頭髮也是銀色的。

坐在直升機裡的兩個人，雖然很懊惱，但是也束手無策，只想儘快趕回東京總公司。

宇宙怪人雖然也察覺到他們的想法，但是，一直在那裡嘲弄他們也很危險，因此，離開直升機旁，飛到遠處去了。八個怪蝙蝠的身影逐漸縮小，消失在黃昏的天空中。

機上的兩個人遇到可怕的事件，根本無法開口說話，就好像做了噩夢似的。等到到達東京都的上空時，兩個人才終於能夠發出聲音。

「喂！這是特別報導哦！這些傢伙……有八個耶！有八個宇宙怪人在東京，一定沒有人知道這件事吧！」

「是啊！而且是帶有照片的獨家報導哦！」

「咦！你拍照了嗎？」

「嗯！我不斷的按下快門，不想被他們抓住，而且這也是我的工作嘛！我想，我是第一個拍到宇宙怪人照片的人。」

攝影部的人員很驕傲的說著。

不久之後，直升機回到報社，編輯部的人圍繞著他們兩個人聽這段經歷，在報社引起極大的震撼。第二天，看到這篇報導和照片的東京人民的震撼，簡直筆墨難以形容。

也許成群結隊的宇宙怪人將會淹沒整個東京的天空。難道地球末日就要到了嗎？大家都非常的害怕。

可疑的黑色男子

就在這個事件發生兩天之後，虎井工學博士打電話到明智偵探事務所。

虎井博士是著名的民間老科學家，也是發明天才。他就像愛迪生一樣，在各方面都有驚人的發明，得到幾百種專利。

他打電話來的時候，明智偵探正因為宇宙怪人的事情而被總理大臣叫去，因此，是小林少年接的電話。

「咦！不在家？我有急事。你是誰？是小林嗎？」

虎井博士知道小林的名字。這個少年助手也很有名。

「我是小林，有什麼事嗎？」

「是有關宇宙怪人的事情。這次我可危險了，我想請求警察保護，但是，光是這樣我還無法安心，希望明智先生能夠來一趟。可是他又不在，那麼你在也可以。雖然還只是個孩子，但是你也是名偵探。雖然我希望明智先生來，不過，還是請你現在立刻到我家吧！」

小林少年雖然沒有見過虎井博士，但是，卻知道他住在哪裡。也就是在隅田川河口附近，有小森林圍繞的美麗洋房中。

「好，我打電話和老師商量一下就過去。」

「是嗎？你知道我家吧？我在家裡等你。」

小林立刻打電話到首相官邸，說明有急事，請明智老師接電話。然後說明了虎井博士的事情。明智的回答是：

「好，你去吧！我把這裡的事情辦完就過去。你要小心一點哦！」

小林把這件事告訴明智老師的夫人，然後就趕緊坐汽車到虎井博士的家去。

在隅田川河口附近有很多工廠，其間有完全分隔出來的另一個世界，亦即在此有一座森林，森林中有個像昔日西方城堡般圓塔的奇妙建築物。

小林來到建築物的入口，敲敲大門，門從裡面打開了，看到一個黑色男子站在那裡。他是個高大的男子，有張黑臉，看起來就像非洲原住民似的。

門裡面是廣大的木板房，舖著紅色的地毯，而在更裡面可以看到通往二樓的樓梯以及美麗的扶手。

黑色男子站在那裡，穿著華麗的條紋西裝，裝扮有如馬戲團的小丑一般。

「是虎井先生打電話要我來。我是小林。」

小林說完之後，黑色的高大男子只是瞪著空中發呆，並沒有看著小林。他雙手不靈活的抬起、放下，同時用奇怪的聲音答道：

「請，跟我來。」

說著，突然轉身，開始有如像不斷點頭似的走動。他走路的姿勢很奇怪，看起來不像活人而倒像是個機械人似的。

這時小林突然想起，虎井博士發明了機械人負責守衛。仔細一看，的確是機械人，是個黑臉的人偶。他完全不看著客人說話，因此，應該是個人偶。

小林竟然對著人偶認真的打招呼，連自己都覺得好笑。這也證明了虎井博士是個很奇怪的人，光是進入玄關就讓人感到很驚訝。到底還會遇到什麼樣的神奇機關呢？小林覺得有點不舒服了。

黑色男子一直往前走，通過樓梯下，到了走廊，站在打開的門前，然後轉過身來，雙手再度舉起、放下，說道：

「請在這裡等著。」

「謝謝。你是人偶吧？做得真好。」

小林說著，用手指彈彈黑色男子的臉頰。結果真的如自己所想的，聽到叩叩的堅硬聲。

男子並沒有笑，一直站在那裡。不久之後，就好像在表示「這裡沒有我的事了」似的，就轉身離開了。

被留下來的小林進入房間，看看周圍。這裡好像是客廳，有華麗的桌椅，是個寬廣的西式房間。

一面牆上掛著一公尺見方的大鏡子，周圍鑲著美麗的鏡框。小林站在鏡子前面，看著自己的樣子。

過了很久，博士都沒有出來。因為太過於安靜，反而讓人覺得這個古老洋房太空曠了。小林愈來愈覺得渾身不自在。

無底階梯

這時，小林有一種難以言喻的奇妙感覺。

明明知道房間裡面沒有人，但是，又覺得旁邊好像有人似的，彷彿有人在一旁靜靜的看著自己。

小林不禁再次環視房間，但是，並沒有看到任何人。

就這樣的，站在宛如墓場般死寂的廣大空間裡一會兒，突然聽到輕微的聲響。

回頭一看，房間入口站著一個白色的東西。那是一位非常美麗的少年。

小林長得很可愛，而這名少年與其說是可愛，還不如說是美麗。

在戴冠式的行列當中，就像西方的貴族少年一樣穿著白色的軍服，

衣領和肩膀有閃耀著光芒的裝飾品，手腕部分綴有金穗（用金線做成的一條條的繩子，也可以使用在帽子或肩膀的徽章上），從肩膀到腋下繞著金色的繩子，白褲子的兩側，有粗大的紅色條紋。

小林懷疑這個少年也是個機械人。那美麗的臉龐看起來就好像是蠟做的一樣。

「你好，你是小林吧！」

少年笑著，用輕澀的聲音叫喚他。不像剛才黑色男子般的奇怪聲音，而的確是人的聲音。

「你是誰呀？我想見虎井先生。」

小林訝異的說道。美麗的少年答道：

「我知道，我是虎井先生的少年助手，就好像你是明智先生的少年助手一樣。我家主人正在等著你呢！現在我帶你去吧！」

小林聽到他這麼說，才安心下來。

「這是怎麼一回事呀？你怎麼打扮得像軍人一樣？這是你平常穿的衣服嗎？」

「是啊！我們老先生很喜歡這種閃耀著光輝的衣服。這套衣服也很適合你哦！」

兩個年齡相仿的少年，立刻就變得熟悉起來了。

「你的主人真的很奇怪耶！竟然讓機械人擔任警衛。」

「哈哈哈……，真奇怪，什麼都很奇怪呢！你接下來會發現一些令人震驚的事情哦！我的主人是偉大的學者，看了博士的發明，你一定會感到很驚訝的。」

美麗的少年很驕傲的說道。

「我告訴你，剛才我一個人待在這裡的時候，就覺得好像有人在我的附近，真奇怪。這個房間有沒有什麼秘密通道？」

「有秘密通道啊！剛才待在你旁邊的就是我啊！」

「咦！你躲在哪裡呀？」

小林很驚訝的問道。少年微微一笑指著嵌在牆上的大鏡子。

「在這裡面。」

「咦！在鏡子裡？」

「不是的，是在鏡子對面的房間裡。這個鏡子從這邊看就和普通的鏡子一樣，但是，從背面看就可以看清房間裡的一切哦！走進了那個房間，也可以看到和這個鏡子一樣大的玻璃窗，而我就在這個鏡子的背面看了你一會兒，因此，你會覺得好像有人就在身邊。」

「也就是說，先把客人帶到這個房間，從鏡子的背面觀察一下他的動靜，就好像偵探的房間一樣。」

「是啊！我們老先生很喜歡偵探，因此，在這裡也有很多機關。他也非常了解明智先生的事情哦！我們主人經常都誇獎你呢！說你雖然是個小孩，但是很了不起，我都很羨慕你呢！」

少年說著笑了起來。在蓬鬆的頭髮之下，可以看到白皙的額頭、漂亮的眉毛、美麗的眼睛、唇紅齒白、排列整齊的牙齒。小林非常喜歡這個少年。

「先前在電話裡聽說宇宙怪人出現了，你知道這件事嗎？」

「哇！我看到那傢伙了，因此，博士才說想見明智偵探。」

「明智先生等一下也會到這裡來。你是在什麼時候、什麼地方看到宇宙怪人的？」

「昨天晚上，就在這裡。」

「咦！在這裡？」

少年用右手指著房間的玻璃窗。窗子外面是圍繞整個住宅的墨綠森林樹木。

「他從這個玻璃窗外面偷看裡面的情形。哦！他戴著銀色面具，我嚇了一跳，都快昏倒了。那個面具真難看。」

「然後呢？」

「我通知了博士。大家一起搜查庭院，但是，都沒有發現到他。一定是飛到空中去了。大約在一個小時前，又發生了怪事。你看，這個東西插在玄關門上。」

少年從口袋裡掏出長二十公分、像銀色箭一般的東西。這個銀色物體，好像和以外星世界金屬製成的銀色面具同樣的東西。

「日本以前有白翎箭。被白翎箭射中的屋頂，就表示有壞人會前來攻擊。博士猜想這應該也是同樣的意思。也就是說，恐怕宇宙怪人要來擄走我們的主人了。」

「哦！所以他才打電話給明智老師嗎？」

「是啊！我們周圍雖然有很多刑警在守衛著，但是，博士卻無法安心。」

「你們主人到底在哪裡？我想見他。」

「他在等你呀！他要我帶你去。主人吩咐不讓任何人靠近他，他在很深的地方呢！」

「咦！很深的地方，是地下室嗎？」

「不是，待會兒你就知道了。走吧！」

美麗少年先行離開房間，朝著走廊深處走去，走到盡頭的牆前。

少年將手伸向牆的一角，按下隱藏的按鈕。眼前的牆開始移動，出現可供人通過的入口。

「這裡面很暗，你要小心哦！」

進入好像黑洞一般的入口，來到了好像狹窄隧道般的地方，水泥建造的階梯往下延伸而去。

少年帶頭，小林跟在他身後，戰戰兢兢的走下階梯。這時身後的牆又再度關了起來。

隧道安裝了小燈泡，感覺就好像是進入礦坑內似的，令人感覺很不

舒服。往下看，因為太暗而看不清楚，只覺得好像走在很深很深的無底洞裡。

往下走了十五、六階時，小林覺得有點害怕，於是詢問前面的少年：

「還要往下走嗎？距離地面已經很遠了，到底要往下走到什麼地方呢？」

「還沒到，還更深呢！這是博士所發明的秘室，你一定會很驚訝的。即使是宇宙怪人，也不可能到這個地方來，所以博士一點也不擔心。因為再也沒有比這裡更安全的地方了。」

兩個少年，就這樣不斷的走在好像無底洞般的黑暗隧道中。

大怪魚

「喂！這比起一般的地下室來說也未免太深了。虎井先生到底在什麼地方啊？」

小林少年發現通往地下的階梯綿延不絕，有點懷疑，於是開口詢問帶頭的少年。穿著美麗軍服的少年，用宛如銀鈴般的聲音笑著說道：

「就快到了。這不是一般的地下室，你一定會嚇一跳。那根本是無法想像的神奇房間，我的主人總是在思考一般人想不到的事情。」

他似乎對此深感驕傲。

大約往下走了三十個水泥階梯，終於來到了叉路，走了一會兒之後，變成往上爬的階梯，大約爬了七、八階，前面已經無路可走了。上面是天花板，無法繼續前進。

「這裡有秘門哦！」

穿著白色軍服的少年笑道，按下牆壁角落的隱藏式按鈕。這時頭頂上的水泥天花板無聲無息的打開，露出一個大洞。

兩個少年鑽出了洞，厚厚的水泥板又如先前一樣的關了起來，一點

都看不出來入口到底在哪裡。

這是一很大的房間，放置了不知名機械的氣派房間。

「你猜，這是哪裡？」

穿著軍服的少年面露奇怪的笑容，好像在嘲笑小林似的問道。

「哪裡？當然是在地下室囉！我們往上爬的階梯只有七、八階，往下走的階梯卻有三十階。」

「但是，這裡並不是地下室，我證明給你看。來！到這裡來，看看外面。」

少年用手指著一扇大玻璃窗。兩公尺正方形的大窗子鑲著一塊厚的玻璃，就好像櫥窗的窗子。看看四周，同樣的窗子在房間四面都有。

小林隔著玻璃窗看向外面，不禁「啊」的叫了起來。因為窗外有意外的東西，那就是水。

「這裡是在東京灣和隅田川交界處的水底。博士打造了鋼筋水泥的

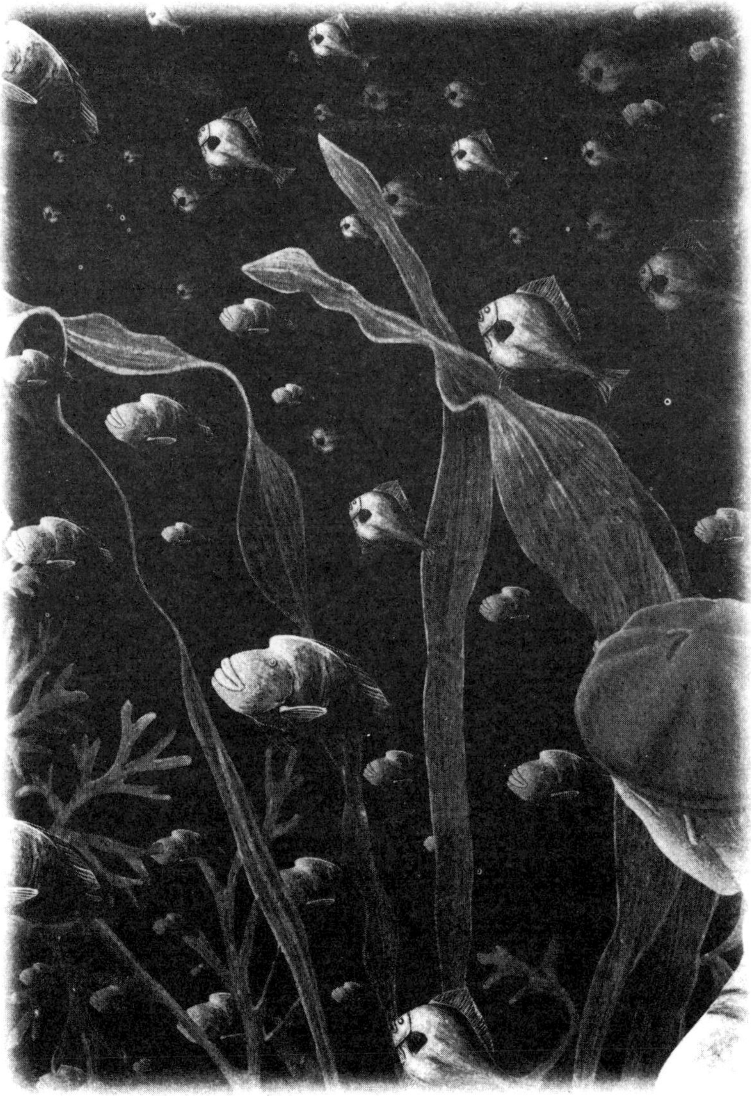

住家，以地下道通到此處。這就好像水底的別墅一樣，很漂亮吧！」

隔著玻璃窗可以看到優哉游來游去的小魚兒。小小魚兒快樂的游著，似乎垂手可得，讓人覺得好像在水族館裡似的。但是，水族館的箱子裡有水，而這個房子裡則沒有水，而是四面有水包圍著。

在住宅的外面某處有點亮的電燈，可以看到水中的情景。但是，光線不強，遠處比較暗，看不清楚。就好像進入森林當中似的，令人感覺很不舒服。

「嗯！真的很漂亮。」

小林不禁說道。看到幾十隻小小的魚，就好像碎白點花紋布（印有很多小白點花紋的紡織品）一樣，整齊的排列著，在窗前游來游去。魚的身體閃耀著金色及銀色的光芒，真的非常美麗。

小林根本忘了時間的消逝，一直看著這個神奇的水族館。後來突然察覺到，在水中對面的暗處似乎出現了一種奇怪的東西。

那是既大又可怕的東西，身體是漆黑的，有如盤子般的兩個眼睛閃閃生輝。軀幹的長度將近五公尺，在黑暗中正朝著這裡接近。

小林嚇得說不出話來。

那是比鯨魚小，但比鯊魚大的東西，不過，最可怕的是那好像金魚眼一般凸出的兩個眼珠子閃耀著光輝。

那個怪物一下子就朝著這邊的亮處飛撲了過來。漆黑的身體清晰可見。看起來就好像是白色的瘤一樣。大約有一公尺左右，像碗蓋下來的形狀，而且就好像玻璃一樣是透明的。

小林從來沒有聽過，也沒有在書上看過形狀這麼奇妙的魚，而且在隅田川河口竟然有這麼大的東西，根本是連做夢都想不到的事情。也許是魚怪吧！也許是鯨魚幽靈吧！

那傢伙瞪著兩個可怕的大眼睛，一直看著小林，好像要朝這裡撲過來似的，不斷的接近著。如果再繼續游過來，也許會撞到玻璃窗，撞破

玻璃，到時候可能房間裡全都會湧進水。小林嚇得臉色蒼白，從窗邊逃開。這時穿著軍服的少年抓住小林的手臂，笑著對他說道：

「沒關係，別害怕。」

此刻，怪魚突然掉頭朝左邊游去。從窗子這邊已經看不到牠了。

但是，在從窗子這裡看不到魚的時候，小林卻看到了奇怪的東西。

他發現在大怪魚的背部，有大得好像碗蓋下來的形狀一般的瘤。這個瘤剛才已經提到過了，但是，瘤裡面卻有東西在移動。

而且看起來好像是一張人的臉。怪魚的背部為什麼會有人在裡面呢？難道是怪魚的孩子嗎？就好像袋鼠把孩子放在懷裡一樣，難道這個怪魚也把自己的孩子放在背上的瘤裡面嗎？

「你剛才有看到嗎？怪魚背上的瘤裡面好像有東西耶！」

當小林這麼說的時候，穿著軍服的美少年若無其事的回答道：

「看到了啊！那是一張人的臉。」

小林對他那若無其事的態度，感到很驚訝。

「難道你不怕嗎？看到這麼可怕的東西，你怎麼卻笑起來了呢？」

「一點都不可怕，因為我已經看習慣了。」

「咦！看習慣了？這麼說來，這裡真的有這麼大的像是鯨魚孩子的生物棲息著囉？」

美少年發出銀鈴般的笑聲說道：

「我已經告訴過你了，這是隅田川的入口，怎麼可能有這麼大的魚棲息在這裡呢？」

「那麼，剛才那是什麼？難道不是魚嗎？」

「不是魚，待會兒你就知道了。你不是名偵探嗎？你猜猜看好了。」

美少年好像在嘲笑他似的，又嗤笑了起來。

聽到這番話，小林少年突然驚覺到，啊！對了，一定是這樣的，不愧是虎井博士。他感到非常佩服。

各位讀者，到底小林發現了什麼呢？

不到五分鐘，這個房間裡發生了奇怪的事情。

水底怪人

從房間的一角可以聽到輕微的聲響。回頭看著聲音傳來的方向時，在水泥牆上，出現了一個直徑一公尺的圓形的縫。

不可思議的，這個縫漸漸變寬了。

為什麼圓形的縫會變寬呢？啊！我知道了，是圓形的門。就好像銀行地下室金庫的門一樣，這是水泥做的門，牆上挖了圓形的洞，再安裝與牆壁厚度相同的水泥製的門。如果不注意看，根本就不會知道那裡有一個隱藏式的門。

圓形的門不斷的被打開，露出一個圓形的黑洞。這時，一個漆黑的人跑了過來。

小林嚇了一跳，仔細一看，原來是虎井博士。因為在雜誌上看過他的照片，所以認得他的長相。長長的頭髮披在身後，戴著黑色的賽璐珞框眼鏡（賽璐珞製的寬邊眼鏡。美國喜劇演員哈洛德·洛德所愛用），留著好像奇術師般的山羊鬍，的確是博士。

博士穿著非常奇怪的服裝，貼身的黑色襯衫和貼身的黑色長褲，就像是表演黑魔術的魔術師，也很像化妝過的西洋惡魔一樣。

博士離開圓洞，哇哈哈……的大笑了起來。翹翹的鬍子也在那裡抖動著。在笑的同時，攤開夾在腋下好像黑色斗篷似的東西。那是只能遮住胸口部位的短斗篷。

博士穿上了這件斗篷之後，看起來就像是西洋惡魔。

「啊！小林，你來了。到這裡來，我有話要告訴你。」

博士說著，坐在自己房間正中央的大椅子上。小林和博士的少年助

手也都坐在桌前的椅子上。

「明智老師稍後就會來。我得到老師的允許，先到這裡來。」

小林打了招呼之後，博士笑著說道：

「嗯！很好。我見過明智先生一、兩次，他是很棒的偵探。如果我不是學者，應該也會成為偵探。學者所做的事和偵探所做的事其實非常類似呢！」

小林很不禮貌的打斷博士的話，因為他有想要問的事情。

「博士，剛才我看到奇怪的東西，好像鯨魚的孩子一樣，是一條大魚。那不是真的魚嗎？難道是博士製造出來的嗎？」

「哇哈哈哈……」

博士笑得全身發抖。

「你看到啦！那也是我的發明之一，待會兒你就知道了，我就會讓你看……。但是，你和明智先生關心的應該是宇宙怪人的事情吧！」

博士把話題扯開了。

「這次輪到我被攻擊了。但是，我好歹也算是個科學家吧！我絕對不會輸給那個怪物的。我要用科學的力量向他挑戰，希望能夠抓住那個傢伙。小林，我在這個水底房間裡，讓怪物看到隱藏的東西，並不是要讓他嚇得逃走。事實上這是我的計謀，你看著吧……」

博士突然沈默不語，好像在想著什麼似的，然後突然拍膝叫道：

「喂，我有東西要讓你看，看了這個東西……。」

說著又笑了起來。

「也沒什麼重要啦！那是我製造的電視，但是，裡面播放的東西真的很有趣喲！你看看吧！」

博士按下桌旁電視螢幕的開關。這時四方形玻璃的表面閃爍光芒，出現了一些景色。

這好像是看過的景色。看到了樹木很多的庭院，好像西洋城堡一般

的圓塔。啊！原來這就是虎井博士家的庭院。有人正從對面走過來，現在正佇立在那裡，面露驚訝的神情看著這邊。那是一位穿著西裝的三十歲左右的男子。

「你看，那是從警政署來的刑警。我家周圍有七名刑警看守著。因為不知道宇宙怪人什麼時候會來，所以他們在這裡守衛。而我從這裡就可以看著這一切。那名刑警驚訝的看著這裡，那是因為他突然看到強烈的光線而嚇了一跳。電視一定要有光線，才能夠映出東西來。在我的住宅周圍都安裝了電視的機關，而且其旁邊也都安裝了照明很強的電燈，只要按下按鈕，電燈啪的就亮了。接下來再看看另外一個地方吧！」

說著，博士又按下某一個按鈕。先前的情景消失，出現另外一幅情景。這也是博士家，看起來好像是城堡建築物的一部分。

「這是我住宅的後面，沒有人。你看，現在各個刑警正來回踱步的看守著呢！」

話還沒說完時，電視畫面上又出現兩個人。

一個是穿著西裝的男子，另一個則是好像流浪漢般的裝扮。這兩個人一邊爭吵一邊走著，不久就發生了扭打。就好像我們在一般的電視畫面上可以看到的情景一樣。

結果穿西裝的人獲勝，流浪漢被壓倒在地。穿西裝的人從口袋裡掏出手銬，銬住流浪漢的手。

「哈哈哈……，這和宇宙怪人無關，是偷偷溜進我們家院子裡的小偷，不愧是刑警，逮捕了小偷。因為我家在森林中，而且圍牆很低，因此這些傢伙經常闖入。並不是什麼可怕的小偷，不用理他。」

當小林的眼光剛從電視離開的時候，眼角的餘光似乎看到奇怪的東西。小林「哎呀」的叫了一聲，重新看著電視螢幕。

這是房間一角的玻璃窗，好像水族館的玻璃窗。窗外有讓人感覺很不舒服的東西在那裡移動著。

小林用恐懼的眼神看著那個東西，而博士和助手美少年也看著那個東西。

兩公尺正方形玻璃板的外面，閃耀著銀色光輝的小魚們，或左或右或上或下的悠游著，看起來很美。

但是，仔細一看，在厚玻璃板右邊盡頭，有和魚不同、讓人覺得很不舒服的東西貼著玻璃窗在那兒移動著。

那並不是長長的海藻，而是有著鮮豔綠色的東西，就好像是人的手張開的形狀，手指和手指之間有綠色皮覆蓋的水蹼。有水蹼，是綠色的手。

小林嚇了一跳，覺得腦中的血液不斷的往下降。

「你們趕快躲起來，不可以被他發現。」

虎井博士輕聲的對兩個少年說道。

自己則迅速率先跑到窗子旁邊的牆上，身體貼著牆，看著玻璃。兩個少年也模仿他的動作，趕緊躲起來。

綠色的手變成兩個，好像在撫摸玻璃似的不斷的伸過來。

博士和兩個少年當然非常了解這個綠色的手是附在何種形體上。擁有這麼難看的手的傢伙，沒有別人，就是宇宙怪人。

小林只想到宇宙怪人會在空中飛翔，根本忘記他也會潛入水中。因為有水蹼，當然可以潛入水中。

來自外星世界的生物，是水陸兩棲動物。

當綠色的手全部伸出來時，接著紫色、綠色、黃色條紋的寬厚肩膀也出現了。那個大蜥蜴的身體出現在水裡。

接著是臉。像鳥一般的大嘴，像鱷魚一般銳利的眼神，頭上有像機關般鋸齒狀的東西。博士和兩名少年雖然都聽過宇宙怪人，但是，這還是第一次見到他，發現他真的是很可怕的怪物。就連虎井博士的呼吸也變得十分急促，而兩名少年更是嚇得身體縮成一團，無處可逃，也無法

開口說話。

怪物難看的臉緊貼著玻璃，銳利的眼神不斷的偷窺著室內。

小型潛航艇

雖然宇宙怪人把臉貼在玻璃上看著裡面的動靜，但是，裡面三個人全都躲起來，因此，他認為沒有人在這個房間裡而離開了這個地方。

海底是黑暗的，雖然水泥房裡的外側點亮了電燈，但是，光不能照到很遠的地方，所以，怪人的身影就這樣的消失在黑暗中，很快就看不見了。

「終於來了，我一直等著那傢伙到這裡來。小林，我要讓你看一件有趣的東西。」

虎井博士和助手美少年互相對看，笑了起來。

「什麼有趣的東西啊？」

「就是在海底逮捕罪犯啊！大家一起去追宇宙怪人吧！」

「在海中進行嗎？」

小林感到很驚訝，不禁高聲說道。人類不是兩棲動物，當然不可能長時間待在海底。

「嗯！我發明了特殊的潛航艇（小型的潛水艇），可以鑽入水中前進。我們三個人坐在潛航艇裡去追那個傢伙。」

「潛航艇？」

小林面露難以置信的神情。

「你坐在上面就知道了。這是我很棒的發明哦！你要是再猶豫不決，宇宙怪人可就要逃走了。你們兩個人趕快跟我來吧！」

博士靠近一面牆，按下牆上的小按鈕。這時，就好像大金庫一樣，圓形秘門無聲無息的被打開了。這是先前博士進來的那個秘門。

博士爬入圓洞當中。小林覺得有點不對勁，正在猶豫不決的時候，少年助手說道：

「沒關係，洞外有潛航艇停在那裡呢！」

少年助手從後面催促他。小林少年沒辦法，只好鑽入洞中，但是突然頭撞到了東西。

「這是在潛航艇內。等一下就會通電了。」

博士話才說完，四周啪的亮了起來。在這裡根本無法站立行走，是非常狹窄、有如隧道般的房間，各種機械就在兩邊，非常擁擠，教人無法動彈。

「如果站著會撞到頭哦！坐在這裡吧！」

兩名少年坐下來之後，博士先關好水泥房間的秘門，然後將潛航艇側面開著的圓洞鐵蓋關緊，栓緊螺絲把手，避免水跑進來。同時，又跑到另一邊的機械做一些動作。突然聽到引擎聲響，感覺就好像坐在盪鞦轆上似的，潛航艇開動了。

引擎聲響愈來愈高，已經加速前進。

「到這裡來，這裡是駕駛座。駕駛可以看清楚眼前海中的景色。」

在博士的召喚下，少年往那裡爬去。在博士前面有大的圓形透鏡，上面映著潛航艇前水底的情景。

「這個潛航艇有兩個大的前頭燈照著前方，比汽車的車頭燈還要亮上好幾倍。利用這個光可以看清楚前方的景色，而且景色會映在有如相片似的透鏡上，看起來比較小。但是，還有可以看得更清楚的展望台。喔！就在那裡。站在那個台上，從天花板探出頭去看看，可以看清楚周遭的一切。」

雖說是台子，可是就好像是個矮箱子一樣。小林按照他的吩咐站在箱子上，戰戰兢兢的把頭探出天花板圓形的大洞中。

大洞直徑一公尺，在洞的上方有好像圓形屋頂般的厚玻璃蓋，所以

能夠很方便的從這裡看上方及四方。

雖然，前頭燈照亮的前方非常亮，可是，側面和後面卻非常的暗，根本看不清楚。

從那裡看到潛航艇正全速前進，水在圓形玻璃上沙、沙，不斷的往後流動。有時候可以看到魚露出銀色的肚皮朝後方飛去。

「啊！真是太棒了！這是我們博士的發明哦！」

美少年不知道什麼時候也站到台上，看著小林。

「嗯！我還是頭一次乘坐潛航艇。虎井博士真是太偉大了。」

小林也很佩服的說道。

好像探測燈似的前頭燈，照耀著前方的景色，非常的美麗。排成一列列的大魚小魚，受到潛航艇引擎的驚嚇，紛紛往左右竄逃，就好像池中的大鯉魚在翻騰一樣。

「啊！我知道了，我終於知道了。」

小林少年突然說道。

「喂！你嚇我一跳，你知道什麼啊？」

「我知道先前從玻璃窗看到的那個好像鯨魚孩子的大魚，到底是什麼了。那個像妖怪般的大魚，就是這個潛航艇。兩個前頭燈看起來就像是眼睛一樣。而在背上的瘤，就是這個展望玻璃。因此，可以看到玻璃瘤中的人的臉。那就是虎井博士的臉。那時候博士還沒有進入房間，後來才離開潛航艇，從圓形的秘門進入房間。」

小林說著，看著助手美少年的臉。

「的確如此，你這麼晚才發現啊！」

少年覺得這是理所當然的事情，而哈哈的笑了起來。

這時，聽到博士叫喚兩人的聲音。

「喂！你們兩個，來了！來了！發現宇宙怪人了！」

海底戰爭

少年們聽到他的話，趕緊看著前頭燈燈光的照亮處。

在距離潛航艇前方十公尺遠的地方，那個醜陋的怪物，正以驚人的速度在游泳，看起來很小。

像蝙蝠般的一對翅膀，和魚鰭具有同樣的作用，可以利用翅膀拍手前進。而手和腳都有水蹼，能夠像青蛙一樣的划水前進。除了大翅膀之外，甚至利用撥水，使得速度快得驚人，任何魚都追不上。

人類的游泳方式和青蛙完全不同，動作很奇妙。身體橫陳，而且是仰躺，有時候像陀螺一樣不斷的打轉前進。

怪人知道潛航艇正在追趕他，因此，當前頭燈的光照著他的時候，他就趕緊左閃右躲，不希望被潛航艇上的人看到。看來駕駛的虎井博士似乎要白費力氣了。

「看著吧！我一定要抓住那個傢伙讓你們瞧瞧。」

博士大聲吼道。抓住他？要怎麼抓呢？小林一直看著怪人，發現引擎聲愈來愈高漲，潛航艇的速度加快，朝著怪人挺進。

和怪人之間的距離逐漸縮短。在雙方距離兩公尺時，突然發生了奇怪的事情。

聽到「咻」很奇怪的聲音。潛航艇的前方有一隻長長的鐵棒以驚人的速度飛出，棒子的前端就好像人的手指一樣，啪的張開，瞬息間抓住怪人。

張開的鐵手指，抓住了對方的身體，然後自動收縮，又抓住了怪人的腳。

「太棒了，抓到了。」就在這麼想的時候，怪人也不含糊。被抓住的腳，以驚人的速度迅速脫離鐵手指，然後拚命掙扎著，逃到光照耀的

範圍外。

在二十分鐘內展開了激戰，這是宇宙怪人和潛航艇之間的海底戰爭。

對方的身手矯健，而這一方則有巨大的潛航艇。虎井博士雖然很會操縱潛航艇，可是卻無法一直引誘怪人進入光的照耀範圍內。就在快要失去對方的蹤跡時，怪人的身影又出現在光線中，好像在嘲笑潛航艇上的人似的。

潛航艇一次又一次像先前一樣，以驚人的速度撲上怪人，每一次都伸出鐵手指，但是，卻沒有抓住對方。每次以為要抓住他的時候，卻又被他給掙脫了。

「好吧！換個武器。原本想盡量不要讓他受傷的抓住他，但是，現在也沒辦法了。」

虎井博士自言自語的說著，同時，把手放在座位旁的另一個發射裝

置上。

這時引擎聲又不斷的響起，潛航艇不斷的往前挺進。在怪人來到前方不遠處的時候，突然聽到「咻」的發射聲音。

從展望玻璃，可以看到像長鎗一般兩公尺長的武器，以驚人的速度往前射出。

這個長鎗一旦刺中身體，怪人可能會死掉。但是，怪人的動作非常靈活，在長鎗快要射到的時候，卻又及時閃躲開了。怪人的速度極快，是地球上的生物難以想像的。他好像在嘲笑潛航艇似的，一邊閃躲，一邊引誘對方前來攻擊。

怪人和潛航艇之間展開了死亡追逐戰。但是，射向怪人的長鎗始終沒有射中過。終於虎井博士也覺得很累了。

先前的鐵手指和長鎗，到底是從哪裡飛出來的呢?小林一想就通了。從水泥屋的玻璃窗可以看到大怪魚，在其兩個眼珠子下有好像嘴巴般的洞，那就是發射口。鐵棒和長鎗就是從那個洞射出的。

現在怪人又如何呢？即使不斷的找尋，他也不會出現在前頭燈的照耀範圍內。也許他已經放棄嘲笑而逃走了吧！

不，並非如此。這個怪物又開始了非常可怕的惡作劇。

小林少年一直看著前面，朦朧中，突然感覺到眼角的餘光有東西在移動。抬頭一看，展望玻璃的天花板上有黑色的大東西貼在上面。大家只看著光亮處，卻未仔細觀察這個微暗的地方。

展望玻璃上好像有一隻大章魚趴在上面，讓人覺得很不舒服。仔細一看，東西愈來愈清晰了。

那不是章魚，而是擁有和人類一樣的頭。頭的樣子和鳥非常類似。再仔細一看，有水蹼的大手正緊貼著玻璃。

小林感覺背脊發涼。助手美少年也察覺到了，於是慌慌張張的跑下展望台，跑到博士身邊叫道：

「博士，糟糕了，那傢伙趴在展望玻璃上。」

聽到少年這麼說，博士也連忙跑到玻璃下，抬頭看著上面。隔著厚厚的玻璃，在微暗的海底，虎井博士和宇宙怪人互瞪對方。

怪物沒有牙齒的大口不斷的移動著，好像在說博士的壞話似的，或許是在嘲笑博士吧！

「畜生！要使出最後的手段了，待會兒你就知道了。」

博士很懊惱的叫著，回到駕駛座。到底他打算怎麼做呢？對方抓住了潛航艇，而潛航艇是沒有手、沒有腳的機械，根本無法拂開怪人。怪人採取了非常棒的戰法。

但是，虎井博士似乎準備好了最後的武器來應付這場戰爭。不愧是天才發明家，各種情況都考慮周全。

小林不知道接下來會發生什麼事情，只覺得心跳加速。這時聽到「咻」劇烈的聲響，從前方飛出漆黑的東西。就好像唧筒汲取水一樣，一直持續著。發射出來的，是一大堆的黑色液體。

這個液體發射後不久，就好像朦朦黑雲一般在海水中擴散。潛航艇朝著黑雲衝了過去，也就是整個潛航艇都被黑色的液體籠罩著。

後來才聽說這個液體具有可怕的劇毒。進入黑雲範圍內的魚全都會死掉。而怪人如果一直趴在潛航艇上，就一定會中毒。即使他是外星世界的生物，也必定會中毒死掉。就算不死，也會失去逃走的力量。

潛航艇不動了，就這樣的停在黑雲當中，似乎要讓怪人沾到毒液。

展望玻璃上也看到如黑煙般的毒液，不斷的籠罩過來。眼前一片漆黑，什麼都看不到，趴在玻璃上的怪人也消失了。也許是因為瀰漫了黑色的液體而看不到吧！或許他已經離開玻璃而逃走了。

小林覺得好像被籠罩在炸彈煙霧中似的，有一種難以言喻的恐懼感，全身如石頭般僵硬的呆立在那裡。

終於，如黑雲般的毒液，在海中擴散而慢慢的變淡了。先前好像蓋

著一張黑幕、看不到的前頭燈的光，終於又可以微微的露出光芒，四周慢慢的變亮了。

不久之後，從展望玻璃可以看到外面的景色。小林看看四周，虎井博士也來到這裡找尋怪人的蹤影。

但是，再怎麼詳細的看，那個討厭的傢伙似乎完全被溶化掉似的，消失得無影無蹤。

虎井博士開動潛航艇，在海底仔細的檢查，但是，卻沒有發現對方的蹤影。對方是外星世界的怪物，對地球上的動物來說會立刻死去的毒藥，也許對他根本就起不了作用。

當潛航艇在黑色液體包圍下，一動也不動的時候，怪人可能已經浮到水面，鼓動著蝙蝠翅膀而逃到空中去了。

飛行的飛碟

接下來的一週，並沒有發生任何事情。那天晚上，從虎井博士家回來的小林少年，向明智偵探報告了詳情。

在這一週內，虎井博士幾乎每天都打電話到明智偵探事務所。

那天晚上，虎井博士只請來了小林少年，而重要的明智偵探並沒有到場，讓他覺得很遺憾。

「明智先生，你為什麼不接受我的請求呢？怪物想要攻擊我，也許今晚他就會把我抓走，請你快來一趟，快來幫我吧！」

像平常一樣，虎井博士在電話的那一端一定會說這樣的話，但是不知道為什麼，明智偵探就是不願意前往他家。他總是這樣的回答：

「我知道，我會儘早到你家去，你還要等一會兒。我很忙，忙的也

不是別的事情，也是宇宙怪人的事情。我從另一個方向調查那個傢伙，每天都忙得團團轉。我已經快要找出那個傢伙了。在我到你家之前，他絕對不會加害於你的，你安心吧！」

每一次，他都在電話裡這麼回答。

在這一週內，明智偵探經常外出，好像顯得非常的忙碌。一回到事務所，臉上就露出不安的神情。

過了一週之後，有一天接到警政署打來的電話。明智臉上的表情豁然開朗，笑著打電話叫汽車司機來接他，不知道要到哪裡去。

「哇！就快要解決了。小林，打電話給虎井博士，告訴他我立刻過去，讓博士高興一下吧！宇宙怪人不會再出現了。」

這天傍晚，明智偵探吩咐小林這麼做，而博士則表示很高興明智即將到來。明智偵探和小林少年，坐著汽車來到江東區的虎井博士家。

虎井家的玄關，仍然是站著的黑色自動人偶在等待他們。

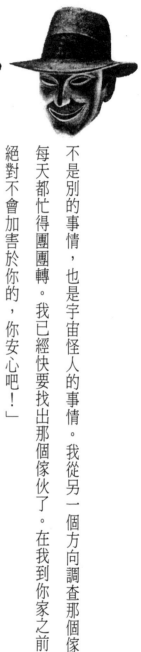

「請跟我來。」

自動人偶把兩人帶到大客廳裡。

「那就是有人在對面觀看的鏡子哦！」

明智偵探用手指著牆上的大鏡子。

「嗯！是的。博士也許在對面看著我們呢！」

這時，虎井博士的身影出現在門口。

「不，不，對明智先生我絕對不會做這麼失禮的事情。」他微笑著走近桌前。

博士和明智偵探，互相問候之後便坐在椅子上，美少年助手端了咖啡進來。

「明智先生，我想你今天一定是有什麼好的建議才會到這裡來的，我很高興的在等待著呢！你已經知道宇宙怪人的藏身之處了嗎？」

當博士這麼詢問時，明智笑著說：

「並沒有發現他的藏身之處，而是宇宙怪人不會再出現了。」

「咦！這是什麼意思呢？」

博士訝異的問道。

「先前在窗外似乎發生了可怕的事情。你知道到底發生了什麼事嗎？」

明智這麼說的時候，走到房間一側的窗邊。這時，原本在庭院對面看守的一名刑警跑了過來。

「是飛碟，飛碟！在空中飛行的飛碟出現了。隅田川的船家都看到了，引起了騷動。」

聽到刑警這麼說，虎井博士和兩名少年飛撲到窗邊。

「在哪裡？在哪裡？」

大家都從窗口探出了身子，抬頭看著天空。

「從那裡是看不到的，要到庭院裡才看得到的。」

在客廳的四個人，連忙從走廊跑到庭院去。

抬頭往上看，在微暗的黃昏天空，看到白色好像飛碟的東西。一個、兩個、三個、四個、五個，啊！總共有五個。和在銀座上空飛行的飛碟一模一樣。它們同時朝著千葉縣的方向快速飛行而去。漸漸的，五架飛碟就這樣的在天空中消失了蹤影。

「最初到日本來的是五架飛碟，而現在正朝太平洋飛去的也是五架飛碟，難道……」

在庭院的正中央，抬頭看著天空的虎井博士，將眼光移到身旁的明智偵探的臉上。

「是的，宇宙怪人已經離開日本了，回去外星世界了。那個可惡的怪物不會再出現在我們的面前了。」

明智意味深長的說道。

「咦！終於逃走了嗎？不愧是名偵探，連外星世界的怪物都敵不過

你嗎？」

「不，不是逃走，而是我抓住了宇宙怪人。」

「咦！抓住宇宙怪人？在哪裡？在哪裡？」

「等進去房間裡再慢慢的說吧！我要讓你看很多怪人的魔法。」

為了看飛碟，七名刑警都聚集在名偵探的周圍。

「你們還是回到原來的地方守著，不能夠掉以輕心。」

明智說著，用眼神指示刑警，然後就和虎井博士以及兩名少年一起回到房間裡。

魔法的伎倆

博士、明智和小林等人回到原先的客廳。不久之後，博士家門前停了三輛汽車，汽車裡陸續走下十四、五個人進入宅邸內。

「虎井博士，我的證人就要來了，現在應該已經到這裡了。」

明智這麼說的時候，走廊響起雜沓的腳步聲。門一打開，這些人陸續出現。走在前面的是警政署搜查組長中村警官。

「中村，你把證人帶來了啊？全都叫齊了嗎？……這位是虎井博士。虎井先生，我想你可能聽過吧！這位是我的朋友，中村警官。」

警官打招呼時，虎井博士從椅子上站了起來。

「啊！我知道，我知道。明智是民間的名偵探，中村則是警政署的名偵探。請進，請進，請介紹一下你所帶來的這些人吧！」

虎井博士臉上露出笑容的說著。

「各位，對不起了，請到這裡來。」

聽到警官的聲音，三名異樣神態的大人和一名少年走進屋內，排在入口處，跟隨穿著制服的八名警察。在中村警官的指示之下，這些人在客廳四面的牆前站好，保持嚴密的警戒狀態。到底接下來會發生什麼事

情呢？

「松下岩男，你到這裡來。」

明智偵探坐在椅子上，對站在門旁四人中的一人說道。

此時，排在最右邊留著鬍子的男子走近桌前。他穿著卡其色的老舊國民服（和第二次世界大戰時許多男性所穿的軍服類似），是有點骯髒的男子。

「你是丹澤山的樵夫松下嗎？」

「是的。」

「你把在警察面前所說的話再重複說一次。」

「是的。為了賺錢，我說了謊。我騙大家說在丹澤山中看到在空中飛行的飛碟，還說裡面有長著蝙蝠翅膀的傢伙走了出來。

我對村裡的人和報社記者都說了這個謊。因為作田老闆說，如果我這麼說，他就要賞我十萬圓（相當於現在的兩百萬日幣），而且還說如果我把這件事情告訴任何人，他就要殺了我。」

「你說的作田老闆，是哪裡人呢？」

「我不知道。他來到我的小屋，給我錢。他說他會不斷的盯著我，如果我洩露秘密，就會立刻殺了我。我覺得這個老闆是一個大盜。」

「好，你先回去吧！接著是山根，你到這裡來。」

聽到叫喚，穿著破爛衣服、好像乞丐般的少年站了出來。

「你是小林手下青少年機動隊的成員之一，在小林隊長面前，好好說實話。小林，這傢伙由你來詢問。」

小林從椅子上站了起來，啪的摑了山根少年一耳光。

「敗壞少年隊名譽的傢伙！如果讓少年隊的孩子知道這件事情，他們一定會把你打個半死。在這裡你一定要說實話，我要向大家道歉，快說實話吧！」

山根少年摸著臉頰，一邊啜泣一邊說道：

「有一個氣派的紳士拜託我，給了我二十張一百圓的鈔票，要我爬到上野公園的塔頂。因為我很會爬樹，所以這點沒有問題。紳士要我謊稱自己是因為被宇宙怪人抓住而被綁在塔頂。紳士給了我兩千圓。小林隊長，請你原諒我，我真的很想吃蜜豆、大塊大塊的肉，只是這樣而已。我原本以為就算謊稱被綁在塔頂，也不是什麼大壞事。隊長，請你原諒我吧！」

少年很流利的說出這番話，大家都不禁面露微笑。因為他什麼也不知道，所以也沒有人想要責怪他。

「你退下。接著，那裡的兩名新聞記者請到這裡來一下。」

聽到明智的呼喚，兩個年輕的新聞記者走了過來。

「對於中村警官、明智先生以及虎井博士都非常抱歉，我們只不過是想在報紙上刊載大消息罷了，並不是真的想要騙人。」

一名記者這麼說之後，攝影記者也說道：

「我並不是為了賺錢，而是名譽心使然。那天晚上，在酒店遇到一名奇怪的男子，他對我們說，只要我們搭乘直升機到空中，然後寫一篇關於宇宙怪人的報導，一定會成為震撼世人的消息，要我們試試看。不僅如此，那名奇怪的男子還說，他會把八個宇宙怪人在空中飛翔的照片交給我。他自稱是個攝影迷，煞費苦心才拍到了那些照片。他說如果我謊稱這是我從直升機上拍到的，組長一定會很高興，可以試試看，並且邀我們喝酒慶祝。

我們就好像中了這個奇怪男子的催眠術似的，雖然在空中的事情誰都沒有看到，但是，心想既然有宇宙怪人的照片，那應該是假不了的，所以才會說謊。」

兩名新聞記者又說道：

「引起世人的騷動，真是抱歉。」

他們低著頭一直在道歉。

「好了，這些都是證人的說詞。接下來讓大家看看實際的證據。」明智偵探說著，走到面對庭院的窗邊，拉起繩子，放下黃色的百葉窗。這時已經日落黃昏，庭院中一片黑暗。

「請仔細看看這個百葉窗。好，按下開關。」

聽到明智這麼說，在入口處的警察按下電燈的開關，房間裡立刻一片黑暗。

虎井博士、兩名少年、四名證人以及八名警察，仔細的看著在暗處裡的百葉窗。好一陣子都沒有發生什麼事情，過了一會兒，百葉窗的表面，竟然好像有燈照在上面似的變白了。

這時映出異樣的影子。

最初模模糊糊的，看不清楚是什麼東西，但是漸漸的愈來愈清楚，好像是有一對大翅膀的東西，臉上沒有鼻子，有嘴巴，是很大的嘴巴，而且好像似笑非笑的噁心移動著。

是宇宙怪人！原本應該搭上飛碟離開的怪物，現在竟然又來攻擊虎井博士嗎？明智先生、中村警官和小林少年都知道為什麼會這樣，但其他人卻不知道，因此感到很驚訝，甚至有人發出「啊」的叫聲，想要逃走。

「好，開燈。現在我要揭曉謎底。」

啪的電燈打開了。明智大剌剌的走到窗邊，拉起百葉窗，從窗口探出頭去。

「把東西拿過來。」

他出聲叫道。在黑暗的庭院對面，一名穿著西裝的男子，手上提著黑色的大箱子走近窗邊。明智接過箱子，讓客廳的人看。

「這是幻燈機（播放幻燈片的機械）。我的助手躲在庭院的樹木中，從庭院的電燈連接電線，播放出剛才的影子。影子會移動。就好像出現在平野百合香房間紙門上的影子一樣，雖然那時候她的親戚飛撲過去打

開紙門，但是，那裡卻沒有東西，因此，以為是外星世界的魔法。事實上那並不是魔法，只是個簡單的戲法而已。就和現在所表演的一樣，只是利用幻燈機來投影而已。」

怪人出現

明智偵探繼續說道：

「還有一個類似的神奇事件。就是宇宙怪人出現在百合香房間的時候，百合香正好要回房拿小提琴，卻看到窗外戴著銀色面具的怪物。百合香大叫，這時在庭院看守的兩名刑警跑了過來，但怪物卻不見蹤影。理論上，他根本沒有機會逃走。但刑警從庭院的左右兩邊跑過來，可是並沒有發現怪物。這個事件也被視為外星世界的魔術，但是，這也只是簡單的手法。某個人先溜進百合香房間正上方的二樓房間，穿著和怪人同樣的衣服，然後戴上銀色面具，再用長長的繩子垂掛到百合香房間的窗外。一聽到叫聲，就趕緊回到二樓。這讓人覺得好像是怪物施了魔法而突然消失似的。但是，當時就是採用這種手法。只要詢問某個人就知道了。」

不可思議的謎團一一的被揭開，但是，還有很多大謎團正等待著揭曉。名偵探明智小五郎要如何解開這些困難的謎團呢？大家屏氣凝神的豎耳傾聽。

在虎井博士的大客廳裡，包括穿著制服的警察在內，總共有十七個人。有的坐著，有的站著，每個人都像緊繃的弦似的，四周瀰漫著緊張的氣氛。

「你們聽，是不是有奇妙的聲音呢？」

明智偵探突然耳語似的輕聲說道。大家都感到很驚訝，豎耳傾聽，聽到了「噗咻」好像牛虻在飛的聲音。這聲音愈來愈大。

「大家看看天空，從窗子看著天空。啊！虎井博士，請到這裡來，讓你看看神奇的東西。」

明智這麼說的時候，牽起虎井博士的手走到窗邊。其身後則跟著中村警官和兩名少年，全都來到窗邊。其他的人，則從其他的窗戶抬頭看著漆黑的天空。

「開燈。」

聽到明智的聲音，庭院對面好像有人在回答似的，啪的一聲，好像探照燈似的光芒照向天空。庭院裡已經準備好類似汽車車頭燈的電燈。

在光線中，看到高空中有像鳥一般小小的東西從天而降。大家屏氣凝神的盯著那個東西看，漸漸的東西愈來愈大，「噗咻」的聲音也愈來愈大。

「啊！宇宙怪人，宇宙怪人落到這裡來了。」

突然有人大叫著。

在電燈的強光照耀之下，擁有鳥臉、蜥蜴身體的怪物不斷的拍動著一雙巨大的黑色蝙蝠翅膀，已經落到將近三十公尺遠的地方。的確是宇宙怪人。

啊！這是怎麼一回事呢？宇宙怪人不是已經搭乘先前的飛碟朝遙遠的太平洋那邊飛去了嗎？怎麼還留在日本呢？而且明智偵探、中村警官以及許多警察、刑警都在這裡，他怎麼可能會落在虎井博士的家呢？如果怪人被強烈的探照燈照到，就應該趕快逃走，又怎麼可能若無其事的降落在這裡呢？難道宇宙怪人想要展開最後的突擊嗎？難道他不管這裡有這麼多人而下定決心要抓走虎井博士嗎？

這時，小林少年抬頭看著虎井博士的臉。博士的額頭竟然冒出斗大的汗珠。即使是偉大的博士，也嚇得臉色蒼白，在那裡發抖。

怪人在白光中顯得愈來愈大，一下子就在窗前的庭院著陸。他會不會用那個像滴管似的手槍發射殺人氣體呢？大家都嚇得逃離窗邊。

但是，怪人只是站在庭院，開始展現奇妙的動作。仔細一看，他的背後好像安裝著大型機械。怪人拿掉從肩膀到胸前的粗大皮帶之後，這個如機械一般的東西就掉落在地面上。那就好像是飛機的螺旋槳似的東西。螺旋槳下面連著四方形的箱子，這個箱子則用皮帶綁著。

眾人訝異的看著這一切。這時怪人又開始出現奇怪的動作。他用雙手將套在頭上如鳥一般的臉脫下來，露出人類的臉。同時蝙蝠翅膀、蜥蜴的身體就好像被剝了一層皮似的，也從身上被脫了下來。結果看到的是穿著緊身衣的男子站在那裡。

「各位，這就是宇宙怪人的真相。這個機械，就是在天空飛翔的道具。」

男子放聲大笑道，然後把手放在原先的機械盒上，做了一些動作，於是像螺旋槳一般的東西又發出「噗哧」的聲音，開始轉動。

人體飛機

明智偵探再度向大家說明。

「那名男子是我的助手，為了偷出宇宙怪人變裝用的衣物及機械，真是煞費苦心。但是，現在已經完全了解怪人的秘密了。接下來，我就要開始說明。這個機械是在一年前由法國人發明的，曾在巴黎郊外試飛過。它的照片曾經刊登在日本的報紙上。那個壞蛋取得這個機械，拿回日本，就這樣的成為宇宙怪人。

宇宙怪人看起來好像有好幾個，但事實上只有一個。這傢伙走在地面上的時候，一定不會帶著這個機械。大家都認為他是利用蝙蝠翅膀在飛翔。

宇宙怪人身上戴著的這個機械，只有在平野家旁邊的大橡樹上才真的可以飛起來。此外，在百貨公司的屋頂威脅少年店員，故意飛起來讓他看，也只有那麼一次而已。其他的時候都是假裝飛起來的樣子，事實上並沒有飛。例如，平野少年在他家庭院遇到怪人，怪人逃到樹叢中，聽到噗咻的聲音，好像飛走了，但事實上只是發出聲音而已，怪人早就越過圍牆逃走了。

在百貨公司屋頂上的時候，因為天色已暗，所以，那個嚇得發抖的店員被欺騙也是無可厚非的事情。怪人趁著店員倒下的時候，趕緊套上放在屋頂角落的機械，裝做會飛翔的樣子讓店員看。因為天色很暗，因此看不清楚螺旋槳。

在平野家旁邊的橡樹上往天上飛的時候，每次都是在天色微暗的黃昏時刻。怪人一定是把機械藏在橡樹頂的樹枝間，一旦被人追趕的時候，就爬上橡樹，然後，在從下面往上看不到的樹葉當中，迅速套上機械飛走。

法國人發明的這個機械，就像玩具一樣，飛不遠，最多飛兩、三百公尺，機械就會失去動力。怪人假裝飛了很遠的樣子，但其實他是降落在附近的原野，然後脫掉銀色面具，將機械放在原先準備好的腳踏車後方的大箱子裡，騎著腳踏車悠哉悠哉的逃走了。一旦脫掉銀色面具，他就變成了普通人，不管是誰都不會懷疑他。

大家還記得平野百合香被怪人擄走時的事情嗎?當時我躲在橡樹樹枝上等待怪人前來。那時候，我就知道這個螺旋槳的秘密了。怪人看到我，就丟下百合香逃走，那是因為我在樹上，他沒有辦法爬到藏著機械的地方去。那麼，為什麼當時我不抓住怪人呢?因為我還沒有做好萬全的準備。那時必須先救百合香，所以只好採取這樣的做法。」

明智說到此處時，先前一直沈默不語的虎井博士，突然站到明智的面前大叫道：

「那麼，在天空飛行的飛碟又是怎麼一回事呢?所有東京的人都看到了，難道飛碟也安裝了什麼機械嗎？」

「哈哈哈……我早就在等你問這個問題了。我為了揭穿飛碟的秘密，真是煞費苦心。原本以為是無線操縱，但是，那個壞蛋不可能操縱那麼大的機關。幾經思索之後，我終於想到一個好方法。我做了一個實驗，這個實驗真是太棒了！」

「咦！什麼實驗？」

「剛才我不是讓大家看到了五架飛碟朝千葉的方向飛去了嗎？那就是我的實驗。」

大家很驚訝的看著明智。剛才的飛碟難道不是戴著宇宙怪人回到外星世界的飛碟嗎？

「哈哈哈……事實上，那只是欺騙小孩的把戲而已。我訓練了五隻傳信鴿，讓牠們從東京郊外的森林到千葉縣的山中不斷的飛翔。到了訓練結束時，我用細的竹枝和薄紙做成好像大碗一樣的形狀，再用絲線綁

在鴿子的腳上。因為是薄紙，所以很輕。牠們就這樣的在近處練習了好幾次。在今天黃昏，由我的助手從郊外的森林放出這五隻鴿子。那些東西是紙做的，可能會被風吹走，所以要在無風的傍晚進行。最初出現在銀座上空的五架飛碟，就是在無風的傍晚出現的。今天完全沒有風，而選擇傍晚，則是因為天色微暗，大家看不出那是紙做的飛碟。

紙飛碟的大小，正好可以遮掩住展開翅膀的鴿子，從下方往上看的時候，只會看到飛碟，看不到鴿子。而且出現時機又是在微暗的黃昏，所以不用擔心被人識破。但是，鴿子腳上綁著紙做的大飛碟，要讓牠在這種情況下儘可能飛到高空，這個練習實在是非常辛苦，當然也失敗過好幾次。我想，假扮成宇宙怪人的壞蛋，一定是花了很長的時間做這樣的練習吧！」

明智說到此處，看著在客廳裡的眾人。

火柱

這時，虎井博士往前走了一步，雙手攤開，很佩服的說道：

「太厲害了，不愧是明智先生，竟然能夠這樣的明察秋毫。但是我還有不明白的地方。如果飛碟是假的，那麼北村青年教怪人日語的事情又是怎麼一回事呢？還有，怪人能夠自由自在的在海底游泳，人類怎麼可能模仿呢？」

「很好，那麼我就把最後兩名證人叫來。」

明智說到此處，在入口門外的兩個人也走了進來，其中一個就是和平野少年很好而喜歡科學的北村青年。

「北村，你對我們大家說的事情，是不是都是捏造的呢？」

明智問道。北村青年點點頭，說道：

「是的。因為他拜託我說謊。但是我並不是被他的謝禮所蒙蔽，這是有理由的，是什麼理由我稍後再說明。總之，被宇宙怪人抓住、關在丹澤山、關在飛碟裡面生活、教怪人日語、用魔法鏡讓怪人學會日語，還有像滴管般的手槍會發出殺人氣體，讓一隻猴子化為灰燼，這些全都是我捏造的。」

「哦！那麼，怪人被關在水泥倉庫中時，怪人會消失也是你做的把戲吧？」

「是的，我事先把窗子的鐵柵欄弄鬆了。怪人鬆開鐵柵欄，從窗子逃走。等他逃走之後，我再悄悄的溜到倉庫後面，把鐵柵欄還原。我趕緊在水泥被破壞的地方補上水泥，在上面鋪上灰塵，看起來就好像是舊的水泥一樣。因為大家都不知道我和怪人的關係，所以，這個手法相當成功。」

「很好。接著輪到你了。你是千葉縣保田的漁夫吧！昨晚在海中做些什麼事呢？」

聽到明智這麼問，在北村青年旁邊皮膚黝黑的男子回答道：

「是的，我是擅長潛水的人，在保田這一帶無人能及，甚至比潛水採珍珠的漁家女更會潛水，在水中潛五分鐘也沒問題。昨天晚上那個人給了我一筆謝禮，要我穿著怪人的衣服潛到海底。

然後假裝快被潛航艇捉住似的趕緊逃走。即使再怎麼會潛水，我也不可能待在水裡太久，有時候，必須游到潛航艇光的照耀範圍之外，偷偷的浮到水面上呼吸一下，然後再潛入水中，進入光中，假裝要逃走似的。雖然有好像黑色毒液的東西在海底擴散，但那只是黑色的水，並不是毒。」

「哇哈哈哈……」

突然，可怕的笑聲響徹整個房間。虎井博士笑得全身抖動。

「哇哈哈哈……明智先生，所有的證人都被你找齊了，但是宇宙怪

人不僅出現在日本，在美國、蘇聯也出現了。你說這是騙孩子的把戲，難道全世界的人都被騙了嗎？宇宙怪人抓走了博物館館長、學者、藝術家，偷走了博物館的佛像，這些人現在又如何了呢？」

明智無所畏的說道：

「我已經發現藏匿這些人的場所。在麴町有雜草叢生的地方，在廣大的草原上，有一間頹圮的磚瓦房。在那棟房子的地下室關著被奪走的寶物以及學者們。我已經找到了這個地方，負責看守的壞蛋已經被警察抓住了。虎井博士，奇怪的是，那裡面還有一位真正的虎井博士。怎麼有兩個虎井博士呢？哈哈哈……真是太有趣了。

至於美國的宇宙怪人，兩天前美國方面拍電報到日本警政署總監處。美國也抓到了宇宙怪人，知道了真相。雖然政府還沒有向報紙及電台發表相關消息，但是，已經在做這方面的安排了。所以，今天晚上我就到這裡來了。」

聽到這番話，虎井博士倒退了好幾步，面露猙獰的模樣，額頭暴出青筋，臉色發紫，緊握著拳頭，氣得發抖。

房裡的八名警察，迅速的包圍住博士，以防萬一。

「讓我說，讓我說為什麼我會變成壞蛋的同夥。」

北村青年跳到房裡的中央大叫著。這時，虎井博士用比他更大的聲音叫道：

「不，我來說，讓我來說……。但是在此之前，我要問明智先生，假扮成宇宙怪人的壞蛋到底在哪裡？你說吧！」

「呃？不用我說，你就是那個壞蛋。」

明智立刻回答。

「那證據呢？」

「在這裡的潛水名人漁夫，的確是受你之託啊！」

「是啊！這個人給了我五萬圓。我把五萬圓帶到這裡來了，隨時都

可以還給他。」

漁夫向前走了一步，瞪著博士。

「北村，你知道博士的猙獰面目嗎？」

明智這麼說的時候，北村青年答道：

「我知道。」

「你說說看他的名字。」

「這個人是怪盜二十面相！」

北村走到虎井博士的面前，用手指著博士，大叫著：

啊！虎井博士是怪盜二十面相！建造潛航艇的博士，事實上卻是假扮成宇宙怪人的二十面相！這實在太出乎意料之外了，房裡的人都訝異的看著博士，周遭一片寂靜。

「還有一個名字是怪人四十面相。你又利用替身逃獄了，而且還扮演宇宙怪人的角色。關於這一點，你一定自有一番說詞，我想聽聽看。」

明智以沈穩的聲音做出宣告。虎井博士的怪人四十面相，在八名警察的包圍之下往前走了一步，好像是要發表演說似的開始說道：

「現在我要說囉！不光是明智，中村警官和其他人也都聽好，不，全世界的人都要聽好！真遺憾，這裡沒有新聞記者。我希望我所說的事情能夠刊載在報紙上。

我和全世界的同夥取得聯絡，扮演宇宙怪人這齣戲。半年前，所有的同夥都聚集在香港，舉行會議，提出希望在世界各國都出現宇宙怪人的要求。

將法國人發明的螺旋槳，製造了好幾個給各國同夥的，正是在法國的同黨。

美國的同黨是有錢人，因此，不需要使用傳信鴿，只要利用無線操縱就能讓飛碟飛行。

在蘇聯則只是發布飛碟飛行的謠言，緊接著就讓宇宙怪人出現。

同時，在法國、英國、中國，當然也有飛碟飛行、宇宙怪人出現的事情發生。

沒想到這件事情這麼快就被揭露，真是非常的遺憾。但是，聽到美國比日本更早就揭露了事實，我終於能夠有點安心。事已至此，我也沒什麼好說的了。請大家聽好。

我們是壞蛋，是令世界上所有警察討厭的壞蛋。但是，戰爭比我們壞上幾百倍、幾千倍！各位，難道不是嗎？

世界各國的政府或軍隊難道不是只要一引爆戰爭，就會殺掉數百萬個無辜的人嗎？為什麼還要掀起戰爭呢？如果我們是壞蛋，那麼，想出戰爭這種事情的傢伙，不是比我們壞上幾萬倍嗎？

你們要知道，如果這些傢伙一直在地球上掀起戰爭，那麼，地球及整個世界就都會消失了。

為了讓這些傢伙清醒，我只好假裝是來自外太空的大軍隊，擁有可怕的科學武器，打算要進攻地球。這樣的話，也許地球上的國家，就會停止一切紛爭，轉而思考宇宙的問題。因為沒有人希望地球落入外星世界之手。

因此，我們這些來自世界各地的壞蛋討論之後，決定假扮成來自外星世界的間諜，希望能夠使那些引爆戰爭的人覺醒。

明智先生、中村警官，這豈非你們無法想像的大計畫？北村剛才想說的就是這一點。我對北村坦白說出實情，他感到非常有趣，也很贊成，因此願意演這齣戲。我有很多手下，一半都知道事實真相，也願意鼎力相助。

但是，我們失敗了。事實上，從一開始我們就知道，一旦失敗就會被警察抓走，不過，為了讓地球上的那些傢伙覺醒，因此才這麼做的。現在已經完全達到這個目的了。

你們看著吧！以後一定會發生來自外星世界的攻擊。在被攻擊之

前，我們應該先去攻打他們。放棄地球上狹隘的紛爭吧！把眼光放在大宇宙上吧！明智先生，我四十面相的想法難道錯了嗎？」

四十面相緊握著拳頭，正在進行他的大演說。明智先生依然面露微笑的回答道：

「你的想法的確很有趣。竟然召開盜賊的世界會議，不愧是四十面相。關於這件事情，我也有一些感觸。如果美國沒有抓到宇宙怪人，也許你還能夠擁有一些自由。

你的想法雖然有趣，但是，這種欺騙小孩的把戲並無法讓全世界的人佩服。此外，你們偷東西、威脅無辜的人，而且還擄走一些人，還是做了壞事。對於這些壞事，絕對不能夠原諒。當你還是二十面相的時候，就已經幹盡了無數的壞事，雖然被抓了好幾次，但是，每次都逃獄成功。給你再重的懲罰似乎都不夠。

現在你又被抓到了，同樣的要把你送到警政署去。大門外有警車在等著你。真是抱歉，雖然每次你都打算逃走，但是這次可不行囉！這棟房子周圍有幾十名警察包圍著。此外，隅田川水上警察的汽艇（利用蒸氣機開動的小船）也已經在河川上下游警戒。不論是陸上或河川，都沒有可以讓你逃走的地方。」

「哼！這我早就知道了。但是，四十面相絕對不會輕易就擒的，難道你不知道我還有最後一招嗎？」

虎井博士的四十面相，又露出壞蛋的本性。話一說完，就用右腳踩了地上的某處，這時腳下的地板卡嚓一聲，往下露出一公尺正方形的黑大洞。四十面相「啊」的叫了一聲，整個人掉入洞底。

「糟了，他打算乘坐潛航艇逃走。」

有人叫著。

「沒關係，潛航艇無法開動。我的手下已經溜進水底的房間，破壞了潛航艇的機械。這個洞一定是通到水底的房間，四十面相已經是甕中

之驚了。大家不要慌張，先觀察一下情況。和他有關的事情一定要小心謹慎。」

明智偵探制止想要跳入洞中的人，用眼睛對中村警官示意。中村警官跑到大門前，吹起哨子，讓包圍宅子的一隊警察知道犯人逃走了，要嚴密警戒。

此外，也利用無線電與水上警察的汽艇取得聯絡，以防犯人逃到河裡去。水上汽艇已經打開了探照燈，照著博士宅邸後面的水面。但是，不久之後發生了可怕的事情。

四十面相掉入地洞十分鐘之後，陸上的人以及水上汽艇的警察們，突然感覺到好像炸彈爆炸似的劇烈震撼。

博士宅邸後面的隅田川，竟然出現了好像火山爆發似的大火柱，火焰冒向天空。

剎時之間，附近燈火通明，就好像同一時間落下了一百個雷似的，發出可怕的聲響。

這就是怪人四十面相最後的一刻。他逃到水底的水泥屋去，想要乘坐潛航艇逃到東京灣。但是，後來知道潛航艇的機械被破壞了，於是點燃原先在水底房間準備好的炸藥，從水底引爆。

啊！四十面相真的會因為這次爆炸而失去生命了嗎？各位讀者，請你們自己去想像吧……？

解說

桌上的「骷髏」和「蠟燭」

中尾 明
（兒童文學作家）

「偵探小說中出現的謎團，即使再怎麼不可思議、看似無法解決，但是，全都是製造出來的謎團。以邏輯的方式找出合理的解答，這才是偵探小說的目的。」

江戶川亂步在『幻影城』（一九五一年）的評論集裡是這麼寫的。

『宇宙怪人』也是讓絕對不可能發生的事件陸續發生，並由少年偵探團的小林少年和私家偵探明智小五郎等人，將這些看似無法解決的問題一一加以解答。

尤其『宇宙怪人』，在標題裡有「宇宙」兩個字，讓人感覺好像是科幻小說，在地球上不可能發生的事件，在世界各地都發生了。

例如，幽浮（UFO）編隊在天空飛翔、一大群蜥蜴圍繞著飛行中的直升機、背上有翅膀的怪人出沒、綁架有名的科學家、偷走國寶佛像等。怪人被小林少年和警察追趕，爬上高大的樹，消失在空中。怪人能夠自由的在空中飛翔，讓人覺得就好像是搭乘幽浮來到地球的外星人一樣。

這個故事從開始到結束，就像個科幻小說，深深的吸引著讀者。

但是，『宇宙怪人』並不是科幻小說，而是偵探小說。最後名偵探明智小五郎一一解答了來自宇宙的怪人和怪獸之謎。相信一定深深吸引著偵探小說迷的少男、少女們。

孩子們是否喜歡看書，關鍵在於最初所遇到的書。

我喜歡看書，就是因為在還是小學生時，看了江戶川亂步的『怪盜二十面相』、亞歷山大·都馬的『岩窟王』，以及強納生·斯威福特的『格

在作品中登場的上野公園的五層寶塔

列佛遊記』三本書。

不管是哪一本書，都深深的吸引著我，有時讓我緊張莫名，有時讓我戰戰兢兢，吸引我進入書的世界當中。尤其像『怪盜二十面相』等「少年偵探」系列，的確具有吸引孩子的魅力。江戶川亂步其他適合成人閱讀的作品，也具有同樣的魅力。一旦成為這個魅力的俘虜，就會想要再次體會這種感覺，因此，會不斷的去看江戶川亂步的作品。

另一方面，關於江戶川亂步本身也有一些奇怪的傳說。例如，他寫偵探小說的時候，會自己一個人躲在微暗的倉庫裡，在桌上擺著人的骷髏頭，點一根蠟燭，藉著這個亮度在稿紙上撰寫。

江戶川亂步於一九六五年去世。雖然已經過了這麼久，但是，根據他的近親說明，關於他自己一個人在微暗的房間裡寫作的傳說是事實。只不過後來有人穿鑿附會，說他在桌上擺著骷髏頭。

對於讀者而言，作家的私生活的確有很多存疑的部分，尤其是偵探作家（推理作家），這些謎團反而更能吸引讀者對於作品的興趣。

在水底和宇宙怪人作戰之地隅田川

江戶川亂步這個名字，是和美國作家艾德嘉・亞藍波發音相同的筆名。亞藍波可說是偵探小說（推理小說）之祖，因為寫了很多幻想的恐怖小說及詩而著名。

現在推理小說這個字眼，似乎比偵探小說更加廣泛的被運用。即使沒有偵探或刑警出來，但只要是以解開謎團為重要主

題的故事，都被稱為推理小說。推理小說也可以稱為「神秘小說」。神秘原本就是指「不可思議」、「不可解」的意思。因此，江戶川亂步也可以算是真正的神秘小說作家。

不光是我，我的親朋好友中只要是在少年時代讀過江戶川亂步作品的人，都真的很喜歡看書。相信看過『宇宙怪人』的你，一定也會成為喜歡看書的人。江戶川亂步的作品，就是具有這樣的魅力。

大展出版社有限公司
品冠文化出版社

圖書目錄

地址：台北市北投區（石牌）
致遠一路二段 12 巷 1 號
郵撥：01669551＜大展＞
電話：(02)28236031
28236033
傳真：(02)28272069

法律專欄連載・大展編號 58

台大法學院　法律學系／策劃
法律服務社／編著

1.	別讓您的權利睡著了(1)	200 元
2.	別讓您的權利睡著了(2)	200 元

・生活廣場・品冠編號 61・

1.	366 天誕生星	李芳黛譯	280 元
2.	366 天誕生花與誕生石	李芳黛譯	280 元
3.	科學命相	淺野八郎著	220 元
4.	已知的他界科學	陳蒼杰譯	220 元
5.	開拓未來的他界科學	陳蒼杰譯	220 元
6.	世紀末變態心理犯罪檔案	沈永嘉譯	240 元
7.	366 天開運年鑑	林廷宇編著	230 元
8.	色彩學與你	野村順一著	230 元
9.	科學手相	淺野八郎著	230 元
10.	你也能成為戀愛高手	柯富陽編著	220 元
11.	血型與十二星座	許淑瑛編著	230 元
12.	動物測驗—人性現形	淺野八郎著	200 元
13.	愛情、幸福完全自測	淺野八郎著	200 元
14.	輕鬆攻佔女性	趙奕世編著	230 元
15.	解讀命運密碼	郭宗德著	200 元
16.	由客家了解亞洲	高木桂藏著	220 元

・女醫師系列・品冠編號 62

1.	子宮內膜症	國府田清子著	200 元
2.	子宮肌瘤	黑島淳子著	200 元
3.	上班女性的壓力症候群	池下育子著	200 元
4.	漏尿、尿失禁	中田真木著	200 元
5.	高齡生產	大鷹美子著	200 元
6.	子宮癌	上坊敏子著	200 元

7. 避孕	早乙女智子著	200 元
8. 不孕症	中村春根著	200 元
9. 生理痛與生理不順	堀口雅子著	200 元
10. 更年期	野末悅子著	200 元

・傳統民俗療法・品冠編號 63

1. 神奇刀療法	潘文雄著	200 元
2. 神奇拍打療法	安在峰著	200 元
3. 神奇拔罐療法	安在峰著	200 元
4. 神奇艾灸療法	安在峰著	200 元
5. 神奇貼敷療法	安在峰著	200 元
6. 神奇薰洗療法	安在峰著	200 元
7. 神奇耳穴療法	安在峰著	200 元
8. 神奇指針療法	安在峰著	200 元
9. 神奇藥酒療法	安在峰著	200 元
10. 神奇藥茶療法	安在峰著	200 元
11. 神奇推拿療法	張貴荷著	200 元

・彩色圖解保健・品冠編號 64

1. 瘦身	主婦之友社	300 元
2. 腰痛	主婦之友社	300 元
3. 肩膀痠痛	主婦之友社	300 元
4. 腰、膝、腳的疼痛	主婦之友社	300 元
5. 壓力、精神疲勞	主婦之友社	300 元
6. 眼睛疲勞、視力減退	主婦之友社	300 元

・心 想 事 成・品冠編號 65

1. 魔法愛情點心	結城莫拉著	120 元
2. 可愛手工飾品	結城莫拉著	120 元
3. 可愛打扮 & 髮型	結城莫拉著	120 元
4. 撲克牌算命	結城莫拉著	120 元

・少年偵探・品冠編號 66

1. 怪盜二十面相	江戶川亂步著	特價 189 元
2. 少年偵探團	江戶川亂步著	特價 189 元
3. 妖怪博士	江戶川亂步著	特價 189 元
4. 大金塊	江戶川亂步著	特價 230 元
5. 青銅魔人	江戶川亂步著	特價 230 元
6. 地底魔術王	江戶川亂步著	特價 230 元

7. 透明怪人	江戶川亂步著	特價 230 元
8. 怪人四十面相	江戶川亂步著	特價 230 元
9. 宇宙怪人	江戶川亂步著	特價 230 元
10. 恐怖的鐵塔王國	江戶川亂步著	特價 230 元
11. 灰色巨人	江戶川亂步著	特價 230 元
12. 海底魔術師	江戶川亂步著	特價 230 元
13. 黃金豹	江戶川亂步著	
14. 魔法博士	江戶川亂步著	
15. 馬戲怪人	江戶川亂步著	
16. 魔人剛果	江戶川亂步著	
17. 魔法人偶	江戶川亂步著	
18. 奇面城的秘密	江戶川亂步著	
19. 夜光人	江戶川亂步著	
20. 塔上的魔術師	江戶川亂步著	
21. 鐵人Ｑ	江戶川亂步著	
22. 假面恐怖王	江戶川亂步著	
23. 電人Ｍ	江戶川亂步著	
24. 二十面相的詛咒	江戶川亂步著	
25. 飛天二十面相	江戶川亂步著	
26. 黃金怪獸	江戶川亂步著	

・武 術 特 輯・大展編號 10

1. 陳式太極拳入門	馮志強編著	180 元
2. 武式太極拳	郝少如編著	200 元
3. 練功十八法入門	蕭京凌編著	120 元
4. 教門長拳	蕭京凌編著	150 元
5. 跆拳道	蕭京凌編譯	180 元
6. 正傳合氣道	程曉鈴譯	200 元
7. 圖解雙節棍	陳銘遠著	150 元
8. 格鬥空手道	鄭旭旭編著	200 元
9. 實用跆拳道	陳國榮編著	200 元
10. 武術初學指南	李文英、解守德編著	250 元
11. 泰國拳	陳國榮著	180 元
12. 中國式摔跤	黃　斌編著	180 元
13. 太極劍入門	李德印編著	180 元
14. 太極拳運動	運動司編	250 元
15. 太極拳譜	清・王宗岳等著	280 元
16. 散手初學	冷　峰編著	200 元
17. 南拳	朱瑞琪編著	180 元
18. 吳式太極劍	王培生著	200 元
19. 太極拳健身與技擊	王培生著	250 元
20. 秘傳武當八卦掌	狄兆龍著	250 元
21. 太極拳論譚	沈　壽著	250 元

22.	陳式太極拳技擊法	馬 虹著	250 元
23.	二十四式 三十二式 太極 拳 劍	闞桂香著	180 元
24.	楊式秘傳 129 式太極長拳	張楚全著	280 元
25.	楊式太極拳架詳解	林炳堯著	280 元
26.	華佗五禽劍	劉時榮著	180 元
27.	太極拳基礎講座：基本功與簡化 24 式	李德印著	250 元
28.	武式太極拳精華	薛乃印著	200 元
29.	陳式太極拳拳理闡微	馬 虹著	350 元
30.	陳式太極拳體用全書	馬 虹著	400 元
31.	張三豐太極拳	陳占奎著	200 元
32.	中國太極推手	張 山主編	300 元
33.	48 式太極拳入門	門惠豐編著	220 元
34.	太極拳奇人奇功	嚴翰秀編著	250 元
35.	心意門秘籍	李新民編著	220 元
36.	三才門乾坤戊己功	王培生編著	220 元
37.	武式太極劍精華 +VCD	薛乃印編著	350 元
38.	楊式太極拳	傅鐘文演述	200 元
39.	陳式太極拳、劍 36 式	闞桂香編著	250 元
40.	正宗武式太極拳	薛乃印著	220 元
41.	杜元化＜太極拳正宗＞考析	王海洲等著	300 元
42.	＜珍貴版＞陳式太極拳	沈家楨著	元
43.	24 式太極拳＋VCD	中國國家體育總局著	350 元

・原地太極拳系列・大展編號 11

1.	原地綜合太極拳 24 式	胡啟賢創編	220 元
2.	原地活步太極拳 42 式	胡啟賢創編	200 元
3.	原地簡化太極拳 24 式	胡啟賢創編	200 元
4.	原地太極拳 12 式	胡啟賢創編	200 元

・名師出高徒・大展編號 111

1.	武術基本功與基本動作	劉玉萍編著	200 元
2.	長拳入門與精進	吳彬 等著	220 元
3.	劍術刀術入門與精進	楊柏龍等著	220 元
4.	棍術、槍術入門與精進	邱丕相編著	220 元
5.	南拳入門與精進	朱瑞琪編著	220 元
6.	散手入門與精進	張 山等著	220 元
7.	太極拳入門與精進	李德印編著	元
8.	太極推手入門與精進	田金龍編著	元

・實用武術技擊・大展編號 112

1. 實用自衛拳法	溫佐惠著	250 元
2. 搏擊術精選	陳清山等著	220 元
3. 秘傳防身絕技	陳炳崑著	230 元

・道學文化・大展編號 12

1. 道在養生：道教長壽術	郝　勤等著	250 元
2. 龍虎丹道：道教內丹術	郝　勤著	300 元
3. 天上人間：道教神仙譜系	黃德海著	250 元
4. 步罡踏斗：道教祭禮儀典	張澤洪著	250 元
5. 道醫窺秘：道教醫學康復術	王慶餘等著	250 元
6. 勸善成仙：道教生命倫理	李　剛著	250 元
7. 洞天福地：道教宮觀勝境	沙銘壽著	250 元
8. 青詞碧簫：道教文學藝術	楊光文等著	250 元
9. 沈博絕麗：道教格言精粹	朱耕發等著	250 元

・易學智慧・大展編號 122

1. 易學與管理	余敦康主編	250 元
2. 易學與養生	劉長林等著	300 元
3. 易學與美學	劉綱紀等著	300 元
4. 易學與科技	董光壁著	280 元
5. 易學與建築	韓增祿著	280 元
6. 易學源流	鄭萬耕著	280 元
7. 易學的思維	傅雲龍等著	250 元
8. 周易與易圖	李　申著	250 元

・神算大師・大展編號 123

1. 劉伯溫神算兵法	應　涵編著	280 元
2. 姜太公神算兵法	應　涵編著	280 元
3. 鬼谷子神算兵法	應　涵編著	280 元
4. 諸葛亮神算兵法	應　涵編著	280 元

・秘傳占卜系列・大展編號 14

1. 手相術	淺野八郎著	180 元
2. 人相術	淺野八郎著	180 元
3. 西洋占星術	淺野八郎著	180 元
4. 中國神奇占卜	淺野八郎著	150 元

5.	夢判斷	淺野八郎著	150 元
6.	前世、來世占卜	淺野八郎著	150 元
7.	法國式血型學	淺野八郎著	150 元
8.	靈感、符咒學	淺野八郎著	150 元
9.	紙牌占卜術	淺野八郎著	150 元
10.	ESP 超能力占卜	淺野八郎著	150 元
11.	猶太數的秘術	淺野八郎著	150 元
12.	新心理測驗	淺野八郎著	160 元
13.	塔羅牌預言秘法	淺野八郎著	200 元

・趣味心理講座・大展編號 15

1.	性格測驗① 探索男與女	淺野八郎著	140 元
2.	性格測驗② 透視人心奧秘	淺野八郎著	140 元
3.	性格測驗③ 發現陌生的自己	淺野八郎著	140 元
4.	性格測驗④ 發現你的真面目	淺野八郎著	140 元
5.	性格測驗⑤ 讓你們吃驚	淺野八郎著	140 元
6.	性格測驗⑥ 洞穿心理盲點	淺野八郎著	140 元
7.	性格測驗⑦ 探索對方心理	淺野八郎著	140 元
8.	性格測驗⑧ 由吃認識自己	淺野八郎著	160 元
9.	性格測驗⑨ 戀愛知多少	淺野八郎著	160 元
10.	性格測驗⑩ 由裝扮瞭解人心	淺野八郎著	160 元
11.	性格測驗⑪ 敲開內心玄機	淺野八郎著	140 元
12.	性格測驗⑫ 透視你的未來	淺野八郎著	160 元
13.	血型與你的一生	淺野八郎著	160 元
14.	趣味推理遊戲	淺野八郎著	160 元
15.	行為語言解析	淺野八郎著	160 元

・婦 幼 天 地・大展編號 16

1.	八萬人減肥成果	黃靜香譯	180 元
2.	三分鐘減肥體操	楊鴻儒譯	150 元
3.	窈窕淑女美髮秘訣	柯素娥譯	130 元
4.	使妳更迷人	成　玉譯	130 元
5.	女性的更年期	官舒妍編譯	160 元
6.	胎內育兒法	李玉瓊編譯	150 元
7.	早產兒袋鼠式護理	唐岱蘭譯	200 元
8.	初次懷孕與生產	婦幼天地編譯組	180 元
9.	初次育兒 12 個月	婦幼天地編譯組	180 元
10.	斷乳食與幼兒食	婦幼天地編譯組	180 元
11.	培養幼兒能力與性向	婦幼天地編譯組	180 元
12.	培養幼兒創造力的玩具與遊戲	婦幼天地編譯組	180 元
13.	幼兒的症狀與疾病	婦幼天地編譯組	180 元

14. 腿部苗條健美法	婦幼天地編譯組	180 元
15. 女性腰痛別忽視	婦幼天地編譯組	150 元
16. 舒展身心體操術	李玉瓊編譯	130 元
17. 三分鐘臉部體操	趙薇妮著	160 元
18. 生動的笑容表情術	趙薇妮著	160 元
19. 心曠神怡減肥法	川津祐介著	130 元
20. 內衣使妳更美麗	陳玄茹譯	130 元
21. 瑜伽美姿美容	黃靜香編著	180 元
22. 高雅女性裝扮學	陳珮玲譯	180 元
23. 蠶糞肌膚美顏法	坂梨秀子著	160 元
24. 認識妳的身體	李玉瓊譯	160 元
25. 產後恢復苗條體態	居理安・芙萊喬著	200 元
26. 正確護髮美容法	山崎伊久江著	180 元
27. 安琪拉美姿養生學	安琪拉蘭斯博瑞著	180 元
28. 女體性醫學剖析	增田豐著	220 元
29. 懷孕與生產剖析	岡部綾子著	180 元
30. 斷奶後的健康育兒	東城百合子著	220 元
31. 引出孩子幹勁的責罵藝術	多湖輝著	170 元
32. 培養孩子獨立的藝術	多湖輝著	170 元
33. 子宮肌瘤與卵巢囊腫	陳秀琳編著	180 元
34. 下半身減肥法	納他夏・史達賓著	180 元
35. 女性自然美容法	吳雅菁編著	180 元
36. 再也不發胖	池園悅太郎著	170 元
37. 生男生女控制術	中垣勝裕著	220 元
38. 使妳的肌膚更亮麗	楊　皓編著	170 元
39. 臉部輪廓變美	芝崎義夫著	180 元
40. 斑點、皺紋自己治療	高須克彌著	180 元
41. 面皰自己治療	伊藤雄康著	180 元
42. 隨心所欲瘦身冥想法	原久子著	180 元
43. 胎兒革命	鈴木丈織著	180 元
44. NS 磁氣平衡法塑造窈窕奇蹟	古屋和江著	180 元
45. 享瘦從腳開始	山田陽子著	180 元
46. 小改變瘦 4 公斤	宮本裕子著	180 元
47. 軟管減肥瘦身	高橋輝男著	180 元
48. 海藻精神秘美容法	劉名揚編著	180 元
49. 肌膚保養與脫毛	鈴木真理著	180 元
50. 10 天減肥 3 公斤	彤雲編輯組	180 元
51. 穿出自己的品味	西村玲子著	280 元
52. 小孩髮型設計	李芳黛譯	250 元

・青 春 天 地・大展編號 17

1. A 血型與星座	柯素娥編譯	160 元
2. B 血型與星座	柯素娥編譯	160 元

3. O血型與星座	柯素娥編譯	160元
4. AB血型與星座	柯素娥編譯	120元
5. 青春期性教室	呂貴嵐編譯	130元
7. 難解數學破題	宋釗宜編譯	130元
9. 小論文寫作秘訣	林顯茂編譯	120元
11. 中學生野外遊戲	熊谷康編著	120元
12. 恐怖極短篇	柯素娥編譯	130元
13. 恐怖夜話	小毛驢編譯	130元
14. 恐怖幽默短篇	小毛驢編譯	120元
15. 黑色幽默短篇	小毛驢編譯	120元
16. 靈異怪談	小毛驢編譯	130元
17. 錯覺遊戲	小毛驢編著	130元
18. 整人遊戲	小毛驢編著	150元
19. 有趣的超常識	柯素娥編譯	130元
20. 哦！原來如此	林慶旺編譯	130元
21. 趣味競賽100種	劉名揚編譯	120元
22. 數學謎題入門	宋釗宜編譯	150元
23. 數學謎題解析	宋釗宜編譯	150元
24. 透視男女心理	林慶旺編譯	120元
25. 少女情懷的自白	李桂蘭編譯	120元
26. 由兄弟姊妹看命運	李玉瓊編譯	130元
27. 趣味的科學魔術	林慶旺編譯	150元
28. 趣味的心理實驗室	李燕玲編譯	150元
29. 愛與性心理測驗	小毛驢編譯	130元
30. 刑案推理解謎	小毛驢編譯	180元
31. 偵探常識推理	小毛驢編譯	180元
32. 偵探常識解謎	小毛驢編譯	130元
33. 偵探推理遊戲	小毛驢編譯	180元
34. 趣味的超魔術	廖玉山編著	150元
35. 趣味的珍奇發明	柯素娥編著	150元
36. 登山用具與技巧	陳瑞菊編著	150元
37. 性的漫談	蘇燕謀編著	180元
38. 無的漫談	蘇燕謀編著	180元
39. 黑色漫談	蘇燕謀編著	180元
40. 白色漫談	蘇燕謀編著	180元

・健康天地・大展編號18

1. 壓力的預防與治療	柯素娥編譯	130元
2. 超科學氣的魔力	柯素娥編譯	130元
3. 尿療法治病的神奇	中尾良一著	130元
4. 鐵證如山的尿療法奇蹟	廖玉山譯	120元
5. 一日斷食健康法	葉慈容編譯	150元
6. 胃部強健法	陳炳崑譯	120元

7. 癌症早期檢查法	廖松濤譯	160 元
8. 老人痴呆症防止法	柯素娥編譯	170 元
9. 松葉汁健康飲料	陳麗芬編譯	150 元
10. 揉肚臍健康法	永井秋夫著	150 元
11. 過勞死、猝死的預防	卓秀貞編譯	130 元
12. 高血壓治療與飲食	藤山順豐著	180 元
13. 老人看護指南	柯素娥編譯	150 元
14. 美容外科淺談	楊啟宏著	150 元
15. 美容外科新境界	楊啟宏著	150 元
16. 鹽是天然的醫生	西英司郎著	140 元
17. 年輕十歲不是夢	梁瑞麟譯	200 元
18. 茶料理治百病	桑野和民著	180 元
19. 綠茶治病寶典	桑野和民著	150 元
20. 杜仲茶養顏減肥法	西田博著	170 元
21. 蜂膠驚人療效	瀨長良三郎著	180 元
22. 蜂膠治百病	瀨長良三郎著	180 元
23. 醫藥與生活㈠	鄭炳全著	180 元
24. 鈣長生寶典	落合敏著	180 元
25. 大蒜長生寶典	木下繁太郎著	160 元
26. 居家自我健康檢查	石川恭三著	160 元
27. 永恆的健康人生	李秀鈴譯	200 元
28. 大豆卵磷脂長生寶典	劉雪卿譯	150 元
29. 芳香療法	梁艾琳譯	160 元
30. 醋長生寶典	柯素娥譯	180 元
31. 從星座透視健康	席拉・吉蒂斯著	180 元
32. 愉悅自在保健學	野本二士夫著	160 元
33. 裸睡健康法	丸山淳士等著	160 元
34. 糖尿病預防與治療	藤山順豐著	180 元
35. 維他命長生寶典	菅原明子著	180 元
36. 維他命 C 新效果	鐘文訓編	150 元
37. 手、腳病理按摩	堤芳朗著	160 元
38. AIDS 瞭解與預防	彼得塔歇爾著	180 元
39. 甲殼質殼聚糖健康法	沈永嘉譯	160 元
40. 神經痛預防與治療	木下真男著	160 元
41. 室內身體鍛鍊法	陳炳崑編著	160 元
42. 吃出健康藥膳	劉大器編著	180 元
43. 自我指壓術	蘇燕謀編著	160 元
44. 紅蘿蔔汁斷食療法	李玉瓊編著	150 元
45. 洗心術健康秘法	竺翠萍編譯	170 元
46. 枇杷葉健康療法	柯素娥編譯	180 元
47. 抗衰血癒	楊啟宏著	180 元
48. 與癌搏鬥記	逸見政孝著	180 元
49. 冬蟲夏草長生寶典	高橋義博著	170 元
50. 痔瘡・大腸疾病先端療法	宮島伸宜著	180 元

51. 膠布治癒頑固慢性病	加瀨建造著	180 元
52. 芝麻神奇健康法	小林貞作著	170 元
53. 香煙能防止癡呆？	高田明和著	180 元
54. 穀菜食治癌療法	佐藤成志著	180 元
55. 貼藥健康法	松原英多著	180 元
56. 克服癌症調和道呼吸法	帶津良一著	180 元
57. B 型肝炎預防與治療	野村喜重郎著	180 元
58. 青春永駐養生導引術	早島正雄著	180 元
59. 改變呼吸法創造健康	原久子著	180 元
60. 荷爾蒙平衡養生秘訣	出村博著	180 元
61. 水美肌健康法	井戶勝富著	170 元
62. 認識食物掌握健康	廖梅珠編著	170 元
63. 痛風劇痛消除法	鈴木吉彥著	180 元
64. 酸莖菌驚人療效	上田明彥著	180 元
65. 大豆卵磷脂治現代病	神津健一著	200 元
66. 時辰療法—危險時刻凌晨 4 時	呂建強等著	180 元
67. 自然治癒力提升法	帶津良一著	180 元
68. 巧妙的氣保健法	藤平墨子著	180 元
69. 治癒 C 型肝炎	熊田博光著	180 元
70. 肝臟病預防與治療	劉名揚編著	180 元
71. 腰痛平衡療法	荒井政信著	180 元
72. 根治多汗症、狐臭	稻葉益巳著	220 元
73. 40 歲以後的骨質疏鬆症	沈永嘉譯	180 元
74. 認識中藥	松下一成著	180 元
75. 認識氣的科學	佐佐木茂美著	180 元
76. 我戰勝了癌症	安田伸著	180 元
77. 斑點是身心的危險信號	中野進著	180 元
78. 艾波拉病毒大震撼	玉川重德著	180 元
79. 重新還我黑髮	桑名隆一郎著	180 元
80. 身體節律與健康	林博史著	180 元
81. 生薑治萬病	石原結實著	180 元
82. 靈芝治百病	陳瑞東著	180 元
83. 木炭驚人的威力	大槻彰著	200 元
84. 認識活性氧	井土貴司著	180 元
85. 深海鮫治百病	廖玉山編著	180 元
86. 神奇的蜂王乳	井上丹治著	180 元
87. 卡拉 OK 健腦法	東潔著	180 元
88. 卡拉 OK 健康法	福田伴男著	180 元
89. 醫藥與生活(二)	鄭炳全著	200 元
90. 洋蔥治百病	宮尾興平著	180 元
91. 年輕 10 歲快步健康法	石塚忠雄著	180 元
92. 石榴的驚人神效	岡本順子著	180 元
93. 飲料健康法	白鳥早奈英著	180 元
94. 健康棒體操	劉名揚編譯	180 元

95. 催眠健康法　蕭京凌編著　180 元
96. 鬱金（美王）治百病　水野修一著　180 元
97. 醫藥與生活(三)　鄭炳全著　200 元

・實用女性學講座・大展編號 19

1. 解讀女性內心世界　島田一男著　150 元
2. 塑造成熟的女性　島田一男著　150 元
3. 女性整體裝扮學　黃靜香編著　180 元
4. 女性應對禮儀　黃靜香編著　180 元
5. 女性婚前必修　小野十傳著　200 元
6. 徹底瞭解女人　田口二州著　180 元
7. 拆穿女性謊言 88 招　島田一男著　200 元
8. 解讀女人心　島田一男著　200 元
9. 俘獲女性絕招　志賀貢著　200 元
10. 愛情的壓力解套　中村理英子著　200 元
11. 妳是人見人愛的女孩　廖松濤編著　200 元

・校園系列・大展編號 20

1. 讀書集中術　多湖輝著　180 元
2. 應考的訣竅　多湖輝著　150 元
3. 輕鬆讀書贏得聯考　多湖輝著　180 元
4. 讀書記憶秘訣　多湖輝著　180 元
5. 視力恢復！超速讀術　江錦雲譯　180 元
6. 讀書 36 計　黃柏松編著　180 元
7. 驚人的速讀術　鐘文訓編著　170 元
8. 學生課業輔導良方　多湖輝著　180 元
9. 超速讀超記憶法　廖松濤編著　180 元
10. 速算解題技巧　宋釗宜編著　200 元
11. 看圖學英文　陳炳崑編著　200 元
12. 讓孩子最喜歡數學　沈永嘉譯　180 元
13. 催眠記憶術　林碧清譯　180 元
14. 催眠速讀術　林碧清譯　180 元
15. 數學式思考學習法　劉淑錦譯　200 元
16. 考試憑要領　劉孝暉著　180 元
17. 事半功倍讀書法　王毅希著　200 元
18. 超金榜題名術　陳蒼杰譯　200 元
19. 靈活記憶術　林耀慶編著　180 元
20. 數學增強要領　江修楨編著　180 元

・實用心理學講座・大展編號 21

1.	拆穿欺騙伎倆	多湖輝著	140 元
2.	創造好構想	多湖輝著	140 元
3.	面對面心理術	多湖輝著	160 元
4.	偽裝心理術	多湖輝著	140 元
5.	透視人性弱點	多湖輝著	180 元
6.	自我表現術	多湖輝著	180 元
7.	不可思議的人性心理	多湖輝著	180 元
8.	催眠術入門	多湖輝著	150 元
9.	責罵部屬的藝術	多湖輝著	150 元
10.	精神力	多湖輝著	150 元
11.	厚黑說服術	多湖輝著	150 元
12.	集中力	多湖輝著	150 元
13.	構想力	多湖輝著	150 元
14.	深層心理術	多湖輝著	160 元
15.	深層語言術	多湖輝著	160 元
16.	深層說服術	多湖輝著	180 元
17.	掌握潛在心理	多湖輝著	160 元
18.	洞悉心理陷阱	多湖輝著	180 元
19.	解讀金錢心理	多湖輝著	180 元
20.	拆穿語言圈套	多湖輝著	180 元
21.	語言的內心玄機	多湖輝著	180 元
22.	積極力	多湖輝著	180 元

・超現實心靈講座・大展編號 22

1.	超意識覺醒法	詹蔚芬編譯	130 元
2.	護摩秘法與人生	劉名揚編譯	130 元
3.	秘法！超級仙術入門	陸明譯	150 元
4.	給地球人的訊息	柯素娥編著	150 元
5.	密教的神通力	劉名揚編著	130 元
6.	神秘奇妙的世界	平川陽一著	200 元
7.	地球文明的超革命	吳秋嬌譯	200 元
8.	力量石的秘密	吳秋嬌譯	180 元
9.	超能力的靈異世界	馬小莉譯	200 元
10.	逃離地球毀滅的命運	吳秋嬌譯	200 元
11.	宇宙與地球終結之謎	南山宏著	200 元
12.	驚世奇功揭秘	傅起鳳著	200 元
13.	啟發身心潛力心象訓練法	栗田昌裕著	180 元
14.	仙道術遁甲法	高藤聰一郎著	220 元
15.	神通力的秘密	中岡俊哉著	180 元
16.	仙人成仙術	高藤聰一郎著	200 元

17. 仙道符咒氣功法	高藤聰一郎著	220 元
18. 仙道風水術尋龍法	高藤聰一郎著	200 元
19. 仙道奇蹟超幻像	高藤聰一郎著	200 元
20. 仙道鍊金術房中法	高藤聰一郎著	200 元
21. 奇蹟超醫療治癒難病	深野一幸著	220 元
22. 揭開月球的神秘力量	超科學研究會	180 元
23. 西藏密教奧義	高藤聰一郎著	250 元
24. 改變你的夢術入門	高藤聰一郎著	250 元
25. 21 世紀拯救地球超技術	深野一幸著	250 元

・養 生 保 健・大展編號 23

1. 醫療養生氣功	黃孝寬著	250 元
2. 中國氣功圖譜	余功保著	250 元
3. 少林醫療氣功精粹	井玉蘭著	250 元
4. 龍形實用氣功	吳大才等著	220 元
5. 魚戲增視強身氣功	宮 嬰著	220 元
6. 嚴新氣功	前新培金著	250 元
7. 道家玄牝氣功	張 章著	200 元
8. 仙家秘傳袪病功	李遠國著	160 元
9. 少林十大健身功	秦慶豐著	180 元
10. 中國自控氣功	張明武著	250 元
11. 醫療防癌氣功	黃孝寬著	250 元
12. 醫療強身氣功	黃孝寬著	250 元
13. 醫療點穴氣功	黃孝寬著	250 元
14. 中國八卦如意功	趙維漢著	180 元
15. 正宗馬禮堂養氣功	馬禮堂著	420 元
16. 秘傳道家筋經內丹功	王慶餘著	300 元
17. 三元開慧功	辛桂林著	250 元
18. 防癌治癌新氣功	郭 林著	180 元
19. 禪定與佛家氣功修煉	劉天君著	200 元
20. 顛倒之術	梅自強著	360 元
21. 簡明氣功辭典	吳家駿編	360 元
22. 八卦三合功	張全亮著	230 元
23. 朱砂掌健身養生功	楊永著	250 元
24. 抗老功	陳九鶴著	230 元
25. 意氣按穴排濁自療法	黃啟運編著	250 元
26. 陳式太極拳養生功	陳正雷著	200 元
27. 健身祛病小功法	王培生著	200 元
28. 張式太極混元功	張春銘著	250 元
29. 中國璇密功	羅琴編著	250 元
30. 中國少林禪密功	齊飛龍著	200 元
31. 郭林新氣功	郭林新氣功研究所	400 元
32. 太極八卦之源與健身養生	鄭志鴻等著	280 元

・社會人智囊・大展編號 24

1.	糾紛談判術	清水增三著	160 元
2.	創造關鍵術	淺野八郎著	150 元
3.	觀人術	淺野八郎著	200 元
4.	應急詭辯術	廖英迪編著	160 元
5.	天才家學習術	木原武一著	160 元
6.	貓型狗式鑑人術	淺野八郎著	180 元
7.	逆轉運掌握術	淺野八郎著	180 元
8.	人際圓融術	澀谷昌三著	160 元
9.	解讀人心術	淺野八郎著	180 元
10.	與上司水乳交融術	秋元隆司著	180 元
11.	男女心態定律	小田晉著	180 元
12.	幽默說話術	林振輝編著	200 元
13.	人能信賴幾分	淺野八郎著	180 元
14.	我一定能成功	李玉瓊譯	180 元
15.	獻給青年的嘉言	陳蒼杰譯	180 元
16.	知人、知面、知其心	林振輝編著	180 元
17.	塑造堅強的個性	坂上肇著	180 元
18.	為自己而活	佐藤綾子著	180 元
19.	未來十年與愉快生活有約	船井幸雄著	180 元
20.	超級銷售話術	杜秀卿譯	180 元
21.	感性培育術	黃靜香編著	180 元
22.	公司新鮮人的禮儀規範	蔡媛惠譯	180 元
23.	傑出職員鍛鍊術	佐佐木正著	180 元
24.	面談獲勝戰略	李芳黛譯	180 元
25.	金玉良言撼人心	森純大著	180 元
26.	男女幽默趣典	劉華亭編著	180 元
27.	機智說話術	劉華亭編著	180 元
28.	心理諮商室	柯素娥譯	180 元
29.	如何在公司崢嶸頭角	佐佐木正著	180 元
30.	機智應對術	李玉瓊編著	200 元
31.	克服低潮良方	坂野雄二著	180 元
32.	智慧型說話技巧	沈永嘉編著	180 元
33.	記憶力、集中力增進術	廖松濤編著	180 元
34.	女職員培育術	林慶旺編著	180 元
35.	自我介紹與社交禮儀	柯素娥編著	180 元
36.	積極生活創幸福	田中真澄著	180 元
37.	妙點子超構想	多湖輝著	180 元
38.	說 NO 的技巧	廖玉山編著	180 元
39.	一流說服力	李玉瓊編著	180 元
40.	般若心經成功哲學	陳鴻蘭編著	180 元
41.	訪問推銷術	黃靜香編著	180 元

42. 男性成功秘訣　陳蒼杰編著　180 元
43. 笑容、人際智商　宮川澄子著　180 元
44. 多湖輝的構想工作室　多湖輝著　200 元
45. 名人名語啟示錄　喬家楓著　180 元
46. 口才必勝術　黃柏松編著　220 元
47. 能言善道的說話秘訣　章智冠編著　180 元
48. 改變人心成為贏家　多湖輝著　200 元
49. 說服的ＩＱ　沈永嘉譯　200 元
50. 提升腦力超速讀術　齊藤英治著　200 元
51. 操控對手百戰百勝　多湖輝著　200 元
52. 面試成功戰略　柯素娥編著　200 元
53. 摸透男人心　劉華亭編著　180 元
54. 撼動人心優勢口才　龔伯牧編著　180 元
55. 如何使對方說 yes　程　羲編著　200 元
56. 小道理・美好生活　林政峰編著　180 元
57. 拿破崙智慧箴言　柯素娥編著　200 元
58. 解開第六感之謎　匠英一編著　200 元
59. 讀心術入門　王嘉成編著　180 元
60. 這趟人生怎麼走　李亦盛編著　200 元
61. 這趟人生真逍遙　李亦盛編著　元

・精 選 系 列・大展編號 25

1. 毛澤東與鄧小平　渡邊利夫等著　280 元
2. 中國大崩裂　江戶介雄著　180 元
3. 台灣・亞洲奇蹟　上村幸治著　220 元
4. 7-ELEVEN 高盈收策略　國友隆一著　180 元
5. 台灣獨立（新・中國日本戰爭一）　森詠著　200 元
6. 迷失中國的末路　江戶雄介著　220 元
7. 2000 年 5 月全世界毀滅　紫藤甲子男著　180 元
8. 失去鄧小平的中國　小島朋之著　220 元
9. 世界史爭議性異人傳　桐生操著　200 元
10. 淨化心靈享人生　松濤弘道著　220 元
11. 人生心情診斷　賴藤和寬著　220 元
12. 中美大決戰　檜山良昭著　220 元
13. 黃昏帝國美國　莊雯琳譯　220 元
14. 兩岸衝突（新・中國日本戰爭二）　森詠著　220 元
15. 封鎖台灣（新・中國日本戰爭三）　森詠著　220 元
16. 中國分裂（新・中國日本戰爭四）　森詠著　220 元
17. 由女變男的我　虎井正衛著　200 元
18. 佛學的安心立命　松濤弘道著　220 元
19. 世界喪禮大觀　松濤弘道著　280 元
20. 中國內戰（新・中國日本戰爭五）　森詠著　220 元
21. 台灣內亂（新・中國日本戰爭六）　森詠著　220 元

22. 琉球戰爭 ①（新・中國日本戰爭七） 森詠著 220 元
23. 琉球戰爭 ②（新・中國日本戰爭八） 森詠著 220 元
24. 台海戰爭（新・中國日本戰爭九） 森詠著 220 元
25. 美中開戰（新・中國日本戰爭十） 森詠著 220 元

・運動遊戲・大展編號 26

1. 雙人運動 李玉瓊譯 160 元
2. 愉快的跳繩運動 廖玉山譯 180 元
3. 運動會項目精選 王佑京譯 150 元
4. 肋木運動 廖玉山譯 150 元
5. 測力運動 王佑宗譯 150 元
6. 游泳入門 唐桂萍編著 200 元
7. 帆板衝浪 王勝利譯 300 元
8. 蛙泳七日通 溫仲華編著 180 元

・休閒娛樂・大展編號 27

1. 海水魚飼養法 田中智浩著 300 元
2. 金魚飼養法 曾雪玫譯 250 元
3. 熱門海水魚 毛利匡明著 480 元
4. 愛犬的教養與訓練 池田好雄著 250 元
5. 狗教養與疾病 杉浦哲著 220 元
6. 小動物養育技巧 三上昇著 300 元
7. 水草選擇、培育、消遣 安齊裕司著 300 元
8. 四季釣魚法 釣朋會著 200 元
9. 簡易釣魚入門 張果馨譯 200 元
10. 防波堤釣入門 張果馨譯 220 元
11. 透析愛犬習性 沈永嘉譯 200 元
20. 園藝植物管理 船越亮二著 220 元
21. 實用家庭菜園ＤＩＹ 孔翔儀著 200 元
30. 汽車急救ＤＩＹ 陳瑞雄編著 200 元
31. 巴士旅行遊戲 陳羲編著 180 元
32. 測驗你的ＩＱ 蕭京凌編著 180 元
33. 益智數字遊戲 廖玉山編著 180 元
40. 撲克牌遊戲與贏牌秘訣 林振輝編著 180 元
41. 撲克牌魔術、算命、遊戲 林振輝編著 180 元
42. 撲克占卜入門 王家成編著 180 元
50. 兩性幽默 幽默選集編輯組 180 元
51. 異色幽默 幽默選集編輯組 180 元
52. 幽默魔法鏡 玄虛叟編著 180 元
53. 幽默樂透站 玄虛叟編著 180 元
70. 亞洲真實恐怖事件 楊鴻儒譯 200 元

・銀髮族智慧學・大展編號 28

1.	銀髮六十樂逍遙	多湖輝著	170 元
2.	人生六十反年輕	多湖輝著	170 元
3.	六十歲的決斷	多湖輝著	170 元
4.	銀髮族健身指南	孫瑞台編著	250 元
5.	退休後的夫妻健康生活	施聖茹譯	200 元

・飲 食 保 健・大展編號 29

1.	自己製作健康茶	大海淳著	220 元
2.	好吃、具藥效茶料理	德永睦子著	220 元
3.	改善慢性病健康藥草茶	吳秋嬌譯	200 元
4.	藥酒與健康果菜汁	成玉編著	250 元
5.	家庭保健養生湯	馬汴梁編著	220 元
6.	降低膽固醇的飲食	早川和志著	200 元
7.	女性癌症的飲食	女子營養大學	280 元
8.	痛風者的飲食	女子營養大學	280 元
9.	貧血者的飲食	女子營養大學	280 元
10.	高脂血症者的飲食	女子營養大學	280 元
11.	男性癌症的飲食	女子營養大學	280 元
12.	過敏者的飲食	女子營養大學	280 元
13.	心臟病的飲食	女子營養大學	280 元
14.	滋陰壯陽的飲食	王增著	220 元
15.	胃、十二指腸潰瘍的飲食	勝健一等著	280 元
16.	肥胖者的飲食	雨宮禎子等著	280 元
17.	癌症有效的飲食	河內卓等著	300 元
18.	糖尿病有效的飲食	山田信博等著	300 元
19.	骨質疏鬆症有效的飲食	板橋明等著	300 元
20.	高血壓有效的飲食	大內尉義著	300 元

・家庭醫學保健・大展編號 30

1.	女性醫學大全	雨森良彥著	380 元
2.	初為人父育兒寶典	小瀧周曹著	220 元
3.	性活力強健法	相建華著	220 元
4.	30 歲以上的懷孕與生產	李芳黛編著	220 元
5.	舒適的女性更年期	野末悅子著	200 元
6.	夫妻前戲的技巧	笠井寬司著	200 元
7.	病理足穴按摩	金慧明著	220 元
8.	爸爸的更年期	河野孝旺著	200 元
9.	橡皮帶健康法	山田晶著	180 元
10.	三十三天健美減肥	相建華等著	180 元

11. 男性健美入門	孫玉祿編著	180 元
12. 強化肝臟秘訣	主婦之友社編	200 元
13. 了解藥物副作用	張果馨譯	200 元
14. 女性醫學小百科	松山榮吉著	200 元
15. 左轉健康法	龜田修等著	200 元
16. 實用天然藥物	鄭炳全編著	260 元
17. 神秘無痛平衡療法	林宗駛著	180 元
18. 膝蓋健康法	張果馨譯	180 元
19. 針灸治百病	葛書翰著	250 元
20. 異位性皮膚炎治癒法	吳秋嬌譯	220 元
21. 禿髮白髮預防與治療	陳炳崑編著	180 元
22. 埃及皇宮菜健康法	飯森薰著	200 元
23. 肝臟病安心治療	上野幸久著	220 元
24. 耳穴治百病	陳抗美等著	250 元
25. 高效果指壓法	五十嵐康彥著	200 元
26. 瘦水、胖水	鈴木園子著	200 元
27. 手針新療法	朱振華著	200 元
28. 香港腳預防與治療	劉小惠譯	250 元
29. 智慧飲食吃出健康	柯富陽編著	200 元
30. 牙齒保健法	廖玉山編著	200 元
31. 恢復元氣養生食	張果馨譯	200 元
32. 特效推拿按摩術	李玉田著	200 元
33. 一週一次健康法	若狹真著	200 元
34. 家常科學膳食	大塚滋著	220 元
35. 夫妻們閱讀的男性不孕	原利夫著	220 元
36. 自我瘦身美容	馬野詠子著	200 元
37. 魔法姿勢益健康	五十嵐康彥著	200 元
38. 眼病錘療法	馬栩周著	200 元
39. 預防骨質疏鬆症	藤田拓男著	200 元
40. 骨質增生效驗方	李吉茂編著	250 元
41. 蕺菜健康法	小林正夫著	200 元
42. 赧於啟齒的男性煩惱	增田豐著	220 元
43. 簡易自我健康檢查	稻葉允著	250 元
44. 實用花草健康法	友田純子著	200 元
45. 神奇的手掌療法	日比野喬著	230 元
46. 家庭式三大穴道療法	刑部忠和著	200 元
47. 子宮癌、卵巢癌	岡島弘幸著	220 元
48. 糖尿病機能性食品	劉雪卿編著	220 元
49. 奇蹟活現經脈美容法	林振輝編譯	200 元
50. Super SEX	秋好憲一著	220 元
51. 了解避孕丸	林玉佩譯	200 元
52. 有趣的遺傳學	蕭京凌編著	200 元
53. 強身健腦手指運動	羅群等著	250 元
54. 小周天健康法	莊雯琳譯	200 元

國家圖書館出版品預行編目資料

宇宙怪人／江戶川亂步著；施聖茹譯
－－初版－臺北市，品冠文化，2002〔民 91〕
206 面；21 公分 — （少年偵探；9）
譯自：宇宙怪人
ISBN 957-468-136-X（精裝）

861.57　　　　91004698

版權仲介：京王文化事業有限公司

少年偵探 9 **宇宙怪人**　　ISBN 957-468-136-X

著　　者／江戶川亂步
譯　　者／施　聖　茹
發 行 人／蔡　孟　甫
出 版 者／品冠文化出版社
社　　址／台北市北投區（石牌）致遠一路 2 段 12 巷 1 號
電　　話／(02) 28233123・28236031・28236033
傳　　真／(02) 28272069
郵政劃撥／19346241
E - mail／dah-jaan @ms 9. tisnet. net. tw
登 記 證／北市建一字第 227242 號
區域經銷／千淞圖書有限公司
地　　址／三重市中興北街 186 號 5 樓
電　　話／(02)29999958
承 印 者／高星印刷品行
裝　　訂／源太裝訂實業有限公司
排 版 者／千兵企業有限公司
初版 1 刷／2002 年（民 91 年）　5 月

~~定　價／300 元~~
特　價／230 元